제주 바보 이야기

2005년 3월 7일 초판 제1쇄 인쇄
2005년 3월 10일 초판 제1쇄 발행

그림 _ 이왈종
글 _ 조선희
펴낸이 _ 김재광
펴낸곳 _ 도서출판 솔과학
주소 : 서울 종로구 청진동 296-1 영한B/D 6층
전화 : 82-2(02) 725-8655
팩스 : 82-2(02) 725-4656
표지/본문 디자인 _ 포레스트 (02) 2276-0301

등록 _ 1997년 2월 22일 제10-104호

값 13,000원

ISBN 89-87794-74-1
email : knamc2919@hanmail.net
email : solkwahak@hanmail.net

제주 바보 이야기

이왈종 그림
조선희 글

솔과학

책머리에

내 인생의 첫 열여덟 해는 고향 남도에서 흘러갔다. 무등산 꼭대기 한 번 오를 생각 못하고 그저 열심히 책가방 들고 학교와 집만 오가며 보낸 세월이었다. 그러나 말이 '열심히' 지 내용은 그렇지 못했던지 딸기 같은 그 열여덟에 나는 고향을 떠나 서울로 향했다. 그리고 재수생이 되었다. 1980년이었다.

그렇게 시작된 내 인생의 두 번째 열여덟 해는 주로 서울과 그 언저리 도시 과천에서 흘러갔다. 이번에도 남산에 한번 오를 생각하지 않고 꽤나 치열하게 살았다. '나름대로 열심히' 학교에 다니는 방법도 터득했다. 그 결과 졸업은 했으나 나를 기다리고 있는 직장은 없었다. 인생에 정해진 시간표가 있으랴, 차례를 바꿔 결혼부터 했다. 이듬해 나는 한 아이의 어머니가 되었다. 젖먹이를 들쳐업고 고향에 내려가 창간을 앞둔 한 신문사의 시험을 치르고 수습기자가 되었다. 면접을 보던 날 모처럼 잘 차려입은 양장의 앞섶은 흘러내린 젖으로 촉촉이 젖어 있었다. 그 신문사에서 둘째를 낳는, 내 일생의 과업 한 가지를 마무리짓고 직장을 옮겼다. 여기저기 직장을 옮기고 이것저것 직업을 바꾸는 사이 세월은 잘도 흘렀다.

남 만큼 배우고 남 만큼 돈을 벌면서도 농부가 되고 싶어 몸이 달아있는 남편과 겨우 코흘리개를 면한 두 아들놈과 함께 제주섬에 닿은 것이

1999년 봄. 내 나이 서른 일곱 되던 해였다. 기꺼이 농부의 아내가 되겠노라고, 죽이 되든 밥이 되든 내 손으로 땅에서 거둬들인 것으로만 입에 풀칠을 하겠노라고 마음먹기까지 결코 짧지 않은 세월이 흐른 뒤였다. 사람들은 남들 다 떠나는 농촌으로 왜 들어가느냐, 농사가 무엇이고 농사꾼이 무엇인지 알기나 하느냐며 닦달하듯 우리를 만류했다. 일단 아이들은 조부모에게 맡기고 부부만 떠나보라는 충고도 있었다. 그러나 남편에게는 이십 년을 넘게 간직해 온 꿈이었고 내게는 십이 년 동안의 고민거리였던 귀농을 남들의 만류에 쉽게 꺾어 버리기에는 그 세월이 아까웠다.

제주 공항에서 40분이나 차로 달려야 닿을 수 있는 곳, 그것도 버스로는 바로 닿을 수 없는 곳에 집을 마련하고 우리는 제주섬에서 잔뿌리를 하나 둘씩 내려갔다. 내려온 첫 해 육백 평 남짓 감귤농사를 짓기 시작해 이듬해부터는 남들이 아무도 짓지 않으려고 하는 감귤 과수원을 임대해 땅에 붙어 살았다. 비록 내 땅은 아니었지만 우리는 농약이나 화학비료를 전혀 쓰지 않고 풀과 벌레와 새와 한통속이 되어 감귤나무와 아낌없는 사랑을 나누며 살았다. 그러나 '망건 쓰자 파장(罷場)' 이라더니 귀농 첫 해부터 폭락하기 시작한 감귤값 탓에 으레 한해 농사는 도청 앞 농민 시위로 마감되곤 했다. 격한 농민 시위 끝에 겨우 얻어내는 것은 농협 대출금 상환 연장이었고 그렇게 해마다 나이를 먹듯 빚도 쌓여갔다.

슬픈 일이었다. 분한 일이었다. 이번에도 역시나 진달래 산천인 봄날의, 녹음이 하늘을 가린 여름날의, 새색이 단풍 옷 갈아입은 가을날의, 고사목에 눈꽃 피는 겨울날의 한라산 한번 제대로 오르지 못한 채 고개 처박고 농사만 지었건만 느느니 빚이라니. 좋은 것은 죄다 내다 팔고 팔지도 못할 것만 골라먹고 살았건만 느느니 빚이라니. 원통하기 짝이 없는 노릇이었다. 혹 내가 잘못 생각하고 잘못 살아온 것은 아닌가 하는 생각이 슬며시 들기 시작했다.

차라리 사시사철 한라산에도 오르고 눈꽃 축제니 들불 축제니 유채꽃 잔치니 왕벚꽃 잔치니 죄다 쫓아다니며 살았더라면 덜이나 억울할 것을. 내다 팔기 전 좋은 것으로만 골라 내 식구들 먼저 먹고 살았더라면 덜이나 분할 것을. 직선으로 곧장 갈 수 있는 길을 놔두고 곡선으로 빙 에둘러 가기로 마음먹었던 애초의 생각대로 그렇게 쉬엄쉬엄 천천히 느릿느릿 살았더라면 덜이나 슬플 것을. 마흔하고도 몇 살을 더 먹고 나서야 너무도 빨리 너무도 급히 너무도 서둘러 뛰다시피 가고있는 나를 보게 되었다. 서툰 감귤농사와 밭농사에만 목숨을 걸 게 아니라 내 마음의 농사를 먼저 지어야 한다는, 농부의 아내가 아니라 나 스스로 농부가 되어야 한다는, 자못 대견스러운 결론을 얻고 나자 농부로 사는 일이 조금은 쉬워 보이기 시작했다.

농사는 하늘과 절반씩 나누어 짓고, 소출은 나무와 새와 벌레와 땅과 절반씩 나누어 먹고 그 사이 아이들은 무럭무럭 자라주기만 하면 될 일이었다. 아이들이 내 품을 떠나도 좋을 만큼 자라는 사이 나는 아름답게 늙어가기만 하면 될 일이었다. 해질 녘 돌아와 노곤한 몸뚱이를 누일 수 있는 돌집 한 칸, 바람 불고 눈 오고 비 올 때 생각나는 사람 몇, 늘 나를 녹슬지 않게 해 줄 살아있는 생각의 씨앗 몇 톨만 있다면야 앞으로 세상이 수십 번 수백 번 더 나를 속이고 슬프게 할지라도 살아갈 힘을 얻지 않겠는가 말이다. 더욱이 내 곁에는 쇠심줄 같은 고집으로 농사를 짓고 있는 남편과 그를 세상 어느 누구보다도 좋아하고 닮고 싶어하는 아들이 둘이나 있질 않은가.

여기에 모아놓은 글들은 주로 2000년 8월부터 서귀포 · 남제주 신문에 한 주 걸러 한번씩 꼬박꼬박 써온 글들이다. 우리가 이곳에 자리를 잡게 되기까지의 과정을 담은 첫 책 ≪마흔에 밭을 일구다≫이후의 기록인 셈이다. '태어난' 농부가 아니라 '되어가고 있는' 농부의 성장일기 한 자락을 부끄럽게도 펼쳐 보이는 까닭은 기꺼이 삽화를 그려주고 계시는 서귀포의 이왈종 화백의 분에 넘치는 사랑과 격려 덕분임을 밝혀둔다. 서귀포 · 남제주 신문사와 솔과학 출판사의 따뜻한 배려 덕분임도 하여 나는 한 그루 아기 감귤나무가 넉넉한 햇살과 솔솔 부는 바람과 촉촉한 빗물을 먹고 반듯한 어른 나무로 자라듯 그렇게 주변의 아름다운 사람들과의 인연을 자양분 삼아 쓸만한 농부로 거듭날 일만 남았다. 마디게, 옹골차게 자랄 일이다.

2005년 2월 제주섬에서

조선희

차례

서귀포

그 숲에선 무슨 일이?

옛날 어느 임금님이 老화가를 불러 이 세상에서 가장 야한 그림을 그려보라고 했더란다. 며칠 후 老화가가 그려온 그림인즉슨, 사위가 고요한 숲 속에 자그마한 초가집이 한 채 있고 댓돌 위엔 남녀 신발이 나란히 놓여 있더란다. 방문은 다소곳이 닫힌 채…….

임금님이 그 그림에 대만족했음은 말할 나위도 없겠다.

결국 야하고 야하지 않고는 보는 사람의 생각 나름일 터. 어찌 보면 그것은 순전히 상상하는 재미이기도 하겠다. 헤픈 춘정을 숨김없이 드러내놓은 춘화에는 상상력이 비집고 들어갈 틈이 없질 않은가.

시골집에서 제주시로 나가자면 늘 거쳐가는 길이 있다. 교래에서 오일륙 도로를 만나는 지점의 비자림로(1112번 도로)가 그 길이다. 하늘을 찌를 듯 키 큰 삼나무 숲이 길 양쪽으로 펼쳐져 있는 그 길은 몇 해 전 우리 나라에서 가장 아름다운 길로 선정되기도 한 곳이다. 관광철 좁다란 길에 차를 세우고 사진을 찍어대는 관광객을 피하는 일말고는 사계절이 고요하고 아름다운 곳이어서 그 길에 들어설 때마다 나는 버릇처럼 심호흡을 즐기곤 한다.

봄에는 한껏 물오른 새 이파리들이 싱그럽고, 여름이면 삼나무 숲에서 뿜어져 나오는 한기가 상큼하기 그지없고, 가을이면 스산한 기운이 감돌면서 대낮부터 사방이 어둑해져 일찍 찾아온 계절을 피부로 느끼기에 좋고, 겨울이면 눈길 운전에 도가 튼 사람만이 맛볼 수 있는 설경이 신비롭기까지 한 길이다.

어느 날인가 그 길을 가고 있는데 낯익은 차가 한 대 숲 입구에 세워져 있는 것이 보였다. 사람은 보이지 않았으나 스치면서 번호판을 보니 이웃집 차가 분명했다. 대낮에도 어둑신할 정도로 울창한 저 숲에 무슨 볼 일이 있을까? 차만 세워두고 사람은 어디로 갔을까? 제주시에 이르는 동안 궁금증은 풀리지 않았다.

한참 뒤에 친하게 지내는 이웃에게 그때 본 이야기를 했더니 모호하게 웃기만 하는 것이었다. 사그라졌던 궁금증이 한꺼번에 되살아나면서 이번엔 천박한 호기심까지 더해져 재차 물었더니 그 이웃 대답이 이랬다.

"그 집 식구가 하영이주(많지). 애기들에 시어멍까지 한집에 살지 않으꽈게."

아하, 그랬구나. 그제야 뒤늦은 깨달음이 왔다. 그 숲에서 무슨 일이 있었던 간에 실로 위대하고 아름다운 길인 것만은 분명했다. 그 뒤부터 그곳을 지날 때마다 그 숲이 老화가가 그린 숲 속의 초가집처럼 내게 무수한 상상력을 불러일으키는 것이었다.

어느 한가한 날 나도 남편과 함께 그 숲에나 가볼까나. 같이 사는 시어멍도 없고 아이들도 많은 것은 아니지만.

마음이 시키는 대로

다시 농번기다. 바른대로 말하자면 올해가 내 일생에 처음 맞는 농번기일 것이다.

제주섬에 와서 보금자리를 튼 지 만 1년 3개월. 지난해 고사리 장마때 이삿짐을 풀어놓을 때만 해도 우리 부부의 손길을 기다리는 것은 자그마한 우영(텃밭)밖에 없었다.

그나마 몇년씩 묵혀두었던 밭이라 우영이라고까지 할 것도 없는, 그런 묵정밭이었다. 이삿짐을 대강 정리해 놓고 우리 부부는 그 긴 비날씨 속에서도 지칠 줄 모르고 검질(풀)을 매고 돌을 골라내고 이랑을 만들어 갖가지 씨앗을 뿌렸었다. 제초제 한방이면 끝날 것을 몇 날 며칠 아이들 소꿉장난하는 식으로 일을 하느라고 핀잔을 주던 이웃들은 열심히 들락거리며 열무며 깻잎이며 쑥갓을 뜯어다 먹었었다. 아침 저녁으로 고구마 순을 잘라 나물 무쳐 비빔밥을 해먹고, 상추를 뜯어다 입이 미어지게 쌈을 싸먹고, 몇 개 매달리지 않아 네 식구가 돌아가며 베어먹던 고추맛이란.

시골에서 사는 알콩달콩한 재미란 이런 것이구나 싶었다.

그런데 올해는 제법 일이 늘었다. 자그마한 감귤밭 농사도 처음부터 우리 힘으로 지어야 하고 올봄에 마당에 잇대어진 앞밭에 비가림 하우스를 지어 묘목을 심어 놓았으니 그것들이 고물고물 뿌리를 내려 튼실한 열매를 맺기까지 잘 먹이고 잘 보살펴야 한다.

묘목 사이에 심어놓은 고추, 가지 농사도 이왕이면 돈이 되게끔 키워야 할 것이고, 남의 땅을 빌어 심을 요량으로 키워놓은 늦수박 모종도 잘 건사해야 한다. 게다가 가까이 지내는 농민회원 두 명과 함께 빌린 2만 평 땅에 고구마 농사를 짓기로 했으니 그야말로 올해는 본격적인 농사를 시작한 셈이다.

요 며칠 전에는 종자로 심어놓은 고구마의 순을 베어 밭에 놓는 작업을 했다.

50명이 들어붙어 일을 했는데 점심 무렵부터 비가 쏟아지기 시작했다. 오후 세 시까지 작업을 했지만 작업량은 애초 계획에 훨씬 못 미치는 것이었다. 그 전날부터 고구마 순(꿀)을 베고, 밭에 비료를 뿌리고, 인부들 먹일 간식과 반찬을 준비하는 일을 처음 겪으면서 나는 뒷골이 무거웠다. 낫으로 고구마 순을 자르는데 낫질이 서툴러 몇 번씩이나 손가락을 벨 뻔하고 허리와 무릎은 제대로 펴지지 않았다. 누군들 태어나면서부터 농사일에 이골이 나랴만은 마흔 가까운 나이가 되도록 낫질 한번 해본 적 없었으니 눈앞에 놓인 일이 태산을 옮기는 것만큼이나 어렵게만 느껴졌다. 그래도 내가 꾀를 피울 수 없었던 것은 같이 고구마 순을 자르던 어른의 말씀 때문이었다.

"애기 어멍이 금방 일을 배우고 뚝딱 잘하네. 마음이 실프민(싫으면) 일도 잘 안배워지주게. 그래도 마음이 실프지 않으니 농사일 잘 하겠네."

그렇다. 저 싫으면 평양감사도 소용없다고 하잖은가. 우리야 농사짓겠다고 뭍설고 낯설고 말도 선 이 섬까지 왔으니 마음이 '실플' 리 있겠는가. 도시에서 나고 자란 우리 부부가 가진 것이라곤 '마음' 뿐인 것을. 일이 서툴고 요령이나 순서를 몰라 남보다 몸이 더 고달플 뿐 한번도 고된 육체노동을 무서워 하거나 피하려고 해본 적이 없다. 남들은 도시에서 하던 일을 그만두고 귀농한 우리를 보고 처음에는 '1년은 멋모르고 살아질 것' 이라고 했다. 물론 '멋모르고' 살긴 했지만 확실한 것은 1년이 지났다고 해서 마음이 바뀐 것은 아니라는 사실이다.

지금까지의 인생을 바꾸어 놓을 만한 전환점에서 우리가 선택한 것은 '삶의 질을 높이는 방법으로서의 귀농' 이었기 때문이다.

이 바쁜 농사철, 마음만 '실프지' 않다면 몸도 따라줄 것을 믿는다.

발본색원- '검질' 매기의 미학

농촌에서 살다보니 아무래도 검질매기(김매기)가 큰 일이다. 올해부터 무농약 농사를 짓기로 했기 때문에 감귤밭에 자란 풀은 바싹 잘라주는 초생재배법을 따르고 있지만 채소밭에 질기게 뿌리를 내린 잡초는 그야말로 대책이 없다.

제초제라는 손쉬운 방법을 쓰지 않으려니 날마다 잡초들 눈치를 보며 살고 있는 느낌이다. 언제라도 손에 잡힐 만하게 자라기만 하면 뽑아야지, 해가 쨍쨍 나는 날보다는 비 온 뒷날 흙에 수분이 있을때 뽑아야지 마음먹지만 막상 검질을 매다 보면 금방 지쳐 다음날로 미루기 일쑤다.

어즙이며 청초액비며 우유배양액이며 나무에 좋다는 온갖 것을 다 해다 바치는 남편 정성 덕분에 우리 밭에 검질들만 살 판이 났다. 이제 1년 넘게 살았으니 나도 올갈 데 없는 시골 아낙이 다 된 까닭에 시간만 나면 골갱이(호미)를 손에 쥐고 나서 보지만 한바퀴 다 훑기도 전에 저편에서는 쑥쑥 자라오는 게 잡초다.

누군가는, 아주 오래 전에는 벼도 한낱 풀에 불과했을 것을 사람이 먹게 되면서 그 지위가 달라진 것처럼 잡초도 사람이 먹지만 않을 뿐 그 나름대로 생명을 인정해 줘야 한다지만 한줄기 소나기에도 다투어 자라는 잡초들을 보고 있노라면 한숨부터 나온다. 봄철 내내 잡초 제거에 소홀했더니만 우리 집 앞뒤가 발 디딜 틈이 없게 되어 버렸다. 설상가상으로 닭장에 뱀이 출현하여 우리 식구 입으로 들어갈 그 아까운 자연란마저 훔쳐먹는 판국이 되자 우리 부부는 만사를 제치고 잡초 제거에 나서지 않을 수 없었다.

처음엔 예초기를 빌릴까 하다가 결국 손으로 뽑기 시작했다. 구부리고 앉아 풀을 뽑는 일이 쉽지만은 않았지만 온몸이 땀에 젖을 정도가 되니 마음에 여유가 생겼다. 잡초 닮은 사람, 사람 닮은 잡초들도 참 많구나 하는 다소 싱거운 생각까지 드는 거였다. 멀대같이 키만 우뚝 자란 놈은 뒷심 무른 사람처럼 뿌리가 얕아 그나마 고맙지만 어떤 놈은 생긴 것은 순하게 생겼는데 어찌나 뿌리가 질긴지 몇번이나 엉덩방아를 찧어야 뽑히는 미운 놈도 있다.

쑥이란 놈은 처음엔 잘 뽑히는 척하지만 손에 힘이 들어가는 순간 '톡' 하고 뿌리가 잘리면서 사람 약을 바짝 올려놓기 일쑤다. 뿌리를 중심으로 가장자리로 땅을 파고 들어가면 가늘고 흰 실뿌리가 어찌나 많이 퍼져 있는지 겉으로는 안 그런 척하면서 못된 짓하는 사람을 꼭 닮았다.

그런가 하면 드러내 놓고 얄미운 짓을 하는 풀도 있다. 온갖 덩굴풀이 그 부류에 속하는데 이것들은 꼭 남을 휘어감아야 직성이 풀리는 놈들이다.

그것들 등쌀에 홍매화며 오렌지며 영산홍이 맥을 못추고 있는 꼴을 보면 화가 치민다. 이름은 잘 모르겠지만 종류만도 너댓 가지가 되는 덩굴식물은 그 줄기를 잡아당기면 쉽게 끊어지지만 뿌리까지 캐버리지 않으면 얼마 안있다가 나무 한 그루를 온통 휘감고도 남는다.

감귤밭에 자라는 덩굴류를 반드시 제거해야 하는 이유도 이 놈들이 한번 감귤나무를 휘감기 시작하면 나무가 옴쭉달싹 못하기 때문이다.

늘 검질을 매다 보면 이 놈들 처치에 지레 지치곤 하는데 그래도 땅속 깊이 숨은 뿌리를 완전히 뽑아낼 때의 시원함이란.

반경 2, 3m를 족히 뻗어나간 뿌리를 찾아 캘때는 묵은 체증이 다 가시는 것 같다. 사람 사는 세상에서야 물귀신처럼 남을 휘젓고 못된 짓 하는 위인들을 뿌리째 뽑아내기 어렵지만 검질 맬 때만이라도 발본색원의 쾌감을 느낄 수 있으니 그 아니 즐거우랴.

가끔 온몸이 근질거리고 찌뿌둥할 때, 온 세상 매스컴이 꼴 보기 싫은 뉴스들로 도배질 되어 있을 때 뿌리를 좇아가 보는 거다.

대충대충 줄기나 이파리만 잘라내지 말고 저 깊이 숨어있는 뿌리를 발본색원하는 일, 이것이 내가 발견한 검질매기의 미학이다.

절반의 성공

시골에 와서 산다하면 대부분의 사람들이 아이들 교육부터 걱정해 온다. 우리가 전에 살던 곳이 교육열로 치자면 전국에서 둘째 가라면 서러운 곳이라 어떻게 그런 곳에 살다가 시골로 이사를 왔느냐고 자못 근심스럽게 물어오는 이가 많다.

하지만 그곳에 살면서도 학원 한번 안 보내고 아이들을 '놓아 먹여' 키여온 우리인지라 시골이라고 해서 아이들 교육에 문제가 있다는 생각은 해본 적이 없다.

올 여름방학이 시작될 무렵 두 아들 녀석에게 서울에 가겠느냐고 물었더니 첫마디가 "답답해서 가기 싫어요."였다. 친척 모두가 아파트에 사니 마당이 없어 싫다나. 우리 부부는 의미있는 눈짓을 주고받으며 만족스럽게 웃었다. 1년만에 이 정도의 대답을 들었으면 우리의 귀농은 적어도 실패작은 아니라는 뜻에서였다.

오히려 이즈음에는 우리의 귀농은 이미 절반 정도 성공한게 아닌가 하는 자신감마저 생긴다. 얼굴에서조차 허물이 벗겨질 정도로 새까맣게 타버린 두 아들 녀석들을 보고 있자면 우리 부부가 아이들에게 해줄 수 있는 최고의 배려가 시골살이라는 확신도 드는 것이다.

중학교 1학년생인 큰 아들은 늘 일에 치여 피곤하다는 말을 입에

서귀포

달고 사는 엄마 대신 동생을 데리고 밤늦게까지 집을 지켜야 했다. 어쩌다 토요일 오후 친구 생일 파티에라도 초대받으면 집에 동생만 두고 갈 수가 없어 그 친구에게 '동생을 데려와도 되느냐' 고 다짐을 받던 큰 아들에게 동네 아주머니들이 붙여준 별명은 '소년가장' 이었다.

이사를 해도 늘 도둑이 들어올 수 없는 꼭대기층에서만 살자고 고집하던 아이, 어미보다 더 문단속을 잘 하던 아이가 급변한 것은 이곳으로 이사온 지 두 달이 채 안돼서였다. 도시와는 달리 해만 지면 사방이 깜깜해 산중에 고립된 듯한데도 개가 짖으면 스스럼없이 밖으로 나가 집을 한바퀴 둘러보고 오는 것이었다.

어느날 안방에까지 날아들어온 반딧불이를 따라 칠흑같이 어두운 동네 고샅을 뛰어 다니기도 하고 밤중에 가로등에 붙은 사슴벌레를 잡겠다고 용감하게 나서는 걸 보면서 정작 도시 생활에 찌들었던 건 우리 부부가 아니라 아이들이었다는 생각을 하게 된다.

나는 교육을 별로 크게 생각하지 않는다. 신체적, 정신적 단계에 따라 스스로 변화해 가는 것 또는 그 변화를 바람직하게 유도할 수 있는 환경적 요인을 만들어주는 것이라고 생각한다. 물론 우리 아이들에게도 고민은 있을 것이고 도시 아이들에 비해 직 · 간접 경험의 기회나 선택의 폭이 좁다는 한계도 있다.

그러나 이러한 문제점을 극복하겠다는 명분 아래 아이들로부터 고향을 빼앗길 수 없다는 게 내 생각이다. 이 다음에 아이들이 어른이 되어가면서 가슴 아픈 일을 당하거나 제 힘으로 어쩔수 없는 어려움에 부딪혔을 때 나는 아이들이 이 집을 기억해주길 바란다.

부모형제가 도란도란 살았던 야트막한 돌집, 해질녘부터 네 식구가 살을 부비며 드러누워 별이 돋기를 기다렸던 마당의 쪽마루 평상, 부모가 약 한번 뿌리지 않고 거둔 풋고추를 씻을 필요도 없이 쑥 베어 물던 이 시절을 기억하면서 뿌리깊은 힘을 얻게 되기를 바란다. 그 첫 발을 떼고 있는 지금 우리는 이미 절반은 성공한 게 아닐까.

방앗간에서

난생 처음 농사지은 참깨 한 말 남짓을 들고 방앗간에 들렀다. 처음엔 조금 남겨두었다가 볶은 깨로도 쓸 요량이었지만 이내 마음이 바뀌어 모조리 기름을 짜기로 했다. 연로하신 친정어머니나 시어머니가 보내주신 참기름은 함부로 먹기가 죄스러워 따르는 손이 떨리지만 이거야 내가 농사지은 것이니 한 해 마음놓고 맛나게 먹고 싶은 마음에서였다. 게다가 화학비료는 물론 농약 한번 안 뿌리고 미생물 발효 비료를 주고 키운 것이니 그야말로 '마지막 한 방울까지' 기름을 짜서 먹어야 제격일 것 같았다.

사람이 붐비는 젊은 아낙의 방앗간을 뒤로 하고 노부부가 오손도손 떡을 만들고 고춧가루를 빻고 기름을 짜는 방앗간에 들어서니 기다릴 필요도 없이 내 순서였다.

아, 얼마 만에 와본 방앗간인가. 적어도 30년 세월 저편의 일이 아닌가 싶다. 명절을 하루나 이틀 앞둔 날 새벽 미리 담가 불려놓은 쌀을 함지박에 담아 머리에 인 어머니는 곤히 잠들어 있는 우리가 깰세라 살금살금 방앗간으로 향했었다.

아침 밥 때가 되어도 돌아오지 않는 어머니를 찾아 눈을 비비며 잰걸음으로 달려가 보면 어머니는 기계음으로 시끄럽기만 한 방앗간에서 아직까지 차례를 기다리고 계셨다. 삐그덕삐그덕 덜컹덜컹 돌아가는 기계가 신기해 구경을 하다보면 어머니 찾아 나선 나마저 함흥차사가 되어버리기 일쑤였다. 차례가 되어 떡을 만들 때도 그냥 맥놓고 앉아서 구경만 하는 게 아니라 더 곱게 빻아달라, 설익지 않게 쪄달라 주문이 많기만 했던 어머니. 그뿐인가. 고춧가루 빻을 때는 가루가 다 빠져 나온 기계 속을 몽당 빗자루로 한번 더 쓸어 내리는 것을 잊지 않으셨다. 참기름을 짤 때는 깻묵까지 다 얻어오셔야 직성이 풀리셨던 어머니. '내 물건 맡겼을 때는 끝까지 지켜 앉아 확인해야 한다.' 고 늘상 말씀하셨던 어머니는 참깨 보따리나 고추 보따리를 방앗간에 턱하니 맡겨놓고 볼 일 보러 가는 젊은 여자들을 못 미더워했다.

그 어머니에 그 딸이어서였을까. 나도 은행에 들를 일이 있었건만 그냥 죽치고 앉아 참기름이 짜지도록 기다렸다. 그 사이 손님들이 하나둘씩 늘기 시작했다. 내 어머니보다 몇 살 위일 것만 같은 할머니는 동백기름을 짜러 오셨다. 아침부터 점심 무렵까지 여기저기서 주워 모은 동백은 두 말 남짓. 앉아서 기다리기도 힘이 드시는지 방앗간 한 켠에 놓인 평상에 벌러덩 눕고 마는 할머니는 겨울철이면 잔기침이 도져서 늘 동백기름을 짜놓고 드신단다. 조금 있으려니 그 할머니가 주워 오신 것보다 두 배는 많을 성싶은 동백이 고무대야에 쏟아졌다. 이번엔 중년의 아주머니다. 두 분은 서로 아는 사이인지 동백기름의 효험과 복용방법에 대해 끝도 없이 이야기를 나눈다.

뒤늦게 온 초로의 아주머니는 텃밭에 심어 말린 고추를 빻으러 온 모양이다. 얼핏보니 우리가 농사지은 청양고추와는 종류가 다른지 길쭉하게 생겼다. 쌀자루로 하나 넘치게 들고 온 고추를 빻고 나니 생각보다 양이 적은지 아주머니는 연신 고개를 갸웃거린다. 그 모습이 꼭 내 어머니를 닮았다. 주인 할머니가 한마디 거드신다. "그래도 이녁이 농사지은 것인데 이만허민 하수다(많수다)." 초벌로 짠 기름을 한번 끓여 밭친 뒤 기름을 식혀 담는 절차를 알리 없는 내가 어리둥절해 하는 꼴이 우스웠는지 주인 할머니가 일일이 병에 담아주신다.

양동이를 기울여 마지막 한 방울까지 따라주는 그 모습도 내 어머니를 닮았다. "며칠 뒤에 고추 빻으러 올게요."로 인사를 대신하고 방앗간을 나섰다. 이제는 방앗간도 문턱이 닳도록 드나들어야 하리라. 이제 나는 어머니 치맛자락을 쥐고 따라나선 코흘리개 꼬마가 아니라 한 철 농사지어 온 가족 먹을거리를 단도리해야 하는 시골 아낙이 아니던가.

돌을 들고 집으로 돌아 오라

지금 우리가 살고 있는 집은 1959년도에 지어진 일자형 돌집이다. 귀농을 앞두고 맨 처음 이 집을 보러 온 남편은 너무도 맑고 유쾌한 목소리로 내게 전화했다. '너무도 편안한 느낌이 들어. 지붕은 낮고 벽은 두꺼워 제주의 거센 바람에도 끄떡없겠어.' 이 집을 사기로 한 얼마 뒤 바다를 건너와 이 집과 조우한 나는 남편의 안목에 아낌없는 찬사를 보냈다. 결혼하고 13년 동안 일곱 번이나 이사를 했지만 단 한번도 자기 손으로 계약서를 써 본 일이 없는 남편이 치른 첫 거사치고는 대단히 훌륭한 결단이었다.

석 달 정도에 걸쳐 집 내부를 좀더 편리하고 우리 생활 양식에 맞게 고치는 공사를 벌였지만 돌집 자체에는 어떠한 변화도 가하지 않았다. 슬레이트 지붕도 그대로 두었고 돌집의 한 켠에 자리한 돗통시(돼지우리)에도 손대지 않았다. 원래 있던 아치 형태의 굴묵(아궁이)자리를 없애지 말라는 우리의 당부를 무시하고 시멘트로 막아버린 공사업자는 두고두고 우리의 불평을 들어야 했다.

일자형 돌집이다 보니 벽을 허물지 않고서는 방을 크게 만들 수 없다는 점이나 우리가 갖고 싶어했던 널찍한 마루 겸 거실을 만들 수 없다는 점이나 절대적으로 공간이 부족하다는 것 빼고는 그 어느 호화 아파트나 별장식 전원주택 못지 않게 만족스러운 게 우리의 돌집이다.

우리가 과천과 이곳을 오가면서 집을 고칠 때 그리고 우리가 이사오고 나서 마무리 공사를 하고 있을 때 이웃들은 저마다 한마디씩 했다. 이렇게 판을 크게 벌일 바에야 아예 새 집을 짓지 그랬느냐고, 서울 사람들이 이렇게 비좁고 낡은 집에서 살 수 있겠느냐고. 사실 우리 동네에도 새 집을 지어 사는 사람들이 꽤 많다. 하지만 이 집을 보나 저 집을 보나 교복 입은 아이들처럼 똑같이 생겼다. 집 앞쪽에 몇 개의 기둥을 세우고 정사각형으로 낸 방에는 어느 집이나 비슷한 구조와 모양의 창문을 내고 희한하게도 커튼마저 비슷한 모양으로 걸려있다.

어떻게 보면 1970년대쯤 내가 살았던 육지에서 한바탕 유행이었던 슬라브식 집들이다. 게다가 이런 새 집들은 대부분 마당 한 쪽에 전시용 잔디밭을 꾸민 다음 콘크리트로 마감을 하고 있다. 우리가 살았던 도시에서처럼 발에 흙 묻힐 일이 없도록 되어 있는 것이다. 그러나 우리는 흙 마당을 고집했고 올해 잔디가 퍼지기 전까지는 비가 오는 날이면 우리 네 식구는 모두 장화를 신고 돌아다녔다.

살아보니 돌집의 매력은 이만저만한 게 아니다. 천장이 낮고 벽이 두꺼우니 외풍이 들지 않는다. 여름 땡볕에도 집안으로 들어서면 오히려 착 가라앉은 듯한 시원함을 느낄 수 있다. 돌집에 잇대어 블록 벽돌로 만든 주방 벽에는 장마철 내내 곰팡이가 피지만 돌집 벽에는 우리가 이사올 때와 마찬가지로 곰팡이 한 점 핀 곳이 없다. 제주의 옛 사람들이 왜 야트막한 지붕의 돌집을 짓고 살았는지를 알고도 남겠다. 바람과 비가 많은 자연환경 속에서 살아가야 하는 사람들의 빛나는 슬기가 아니고 무엇이랴.

서귀포

최근 나를 매료시킨 '조화로운 삶' 의 저자 헬렌 니어링은 돌집 예찬론자로서 수년에 걸쳐 돌을 모아 다시 수년에 걸쳐 돌집을 완성했다고 한다. 그녀의 책에 보면 스트와트 딕이라는 이가 '잉글랜드의 시골집' 이라는 책에서 쓴 이런 대목이 나온다. '오래된 시골집은 자기를 내세우지 않는다. 시골집은 둘레 환경을 지배하지 않으며 그 일부가 되는 것에 만족한다. 오래된 시골집은 조금 떨어진 곳에서 보면 동그랗게 피어오르는 연기만이 그 곳에 집이 있음을 알려준다.' 그런가 하면 토마스 무서가 '좋은 농부가 되는 오백 가지 방법' 에서 충고하는 말도 인용되어 있다. '밭에서 집으로 돌아올 때는 반드시 돌을 들고 오라. 밭에 돌이 많으면 그만큼 농사짓기 힘들다. 일꾼들도 손에 돌을 들고 집으로 오게 하라. 날마다 이렇게 하면 그대는 길에 깔기에도 멋지고 벽을 쌓기에도 좋은 돌을 많이 갖게 되리라.'

우리 부부 역시 집이 위치한 환경에서 가장 흔한 재료로 지어진 집이야말로 최상의 조건을 갖출 수 있다고 믿는다. 언젠가 조금 더 넓은 평수의 돌집을 짓기 위해서는 지금부터 돌을 날라야 할 것 같다.

식민지 해방을 꿈꾸며

짧지 않은 직장 생활과 이어진 맞벌이 생활 속에서 가장 어려움을 느꼈던 문제가 아무래도 아이들 양육이었다. 첫 아이 때는 지금처럼 놀이방 시설이 확산되기 전이라 전업 주부이던 언니들의 도움을 받아야 했고 그것마저 여의치 않게 되자 친정에 몇 달을 맡기기도 했다. 둘째 아이는 출산 휴가가 끝나기도 전부터 친정 부모가 길러주시다가 돌 무렵부터는 아예 시집에 들어가 살면서 시부모님의 도움을 받아야 했다.

바깥일도 완벽하게 해내지 못하고 그렇다고 아이들을 잘 돌볼 수도 없는, 반쪽이 인간이 그 시절의 내 자화상이었다. 그래서 지금도 아이 낳고 기르면서 직장 다니는 여자들을 보면 남의 일 같지가 않았다.

하지만 밖에서는 여성의 자아 실현이니 여권 쟁취니를 떠들고 다니면서도 정작 자신이 해내야 할 일들을 남에게 의존하는 여자들을 보면 눈이 곱게 떠지지가 않았던 것도 사실이다.

대부분의 직장 여성들은 친정 어머니나 시어머니 또는 파출부라는 식민지를 거느리고 있는 거나 마찬가지 아닌가 말이다. 이러한 양심적인 자각과는 별개로 나 역시 아직까지도 식민지를 거느리고 있으니 입이 있어도 할 말이 없다.

며칠 전 올해 들어 두 번 째로 뭍나들이를 다녀왔다. 12월에 출간 예정인 내 책의 편집 초고 교정과 남편을 대신한 시조카 결혼식 참석이 공식적인 명분이었다. 여기에 11월 중순에 들어있는 친정어머니 생신을 앞당겨 친정 식구들이 다 모이는 자리를 만들었으니 뭍나들이의 공적, 사적 명분은 충분했다.

하지만 농가의 아낙이 8박9일 예정으로 뭍나들이를 간다는 게 어디 간단한 일이던가. 아이들 먹을 간식거리며 밑반찬거리, 김치 등을 준비하면서 '이러다가 비행기 타기도 전에 쓰러지겠다.' 는 비명이 나올 정도로 바빴다.

여느 때와는 달리 내 여장을 꾸미는 폼새도 달랐다. 우리 감귤을 수확하기 전이어서 감귤을 좀 사들고 갈까 했는데 가까이 지내는 찬이네가 서울 가져가라고 주어서 두 상자로 나누어 담고 EM 생활환경회를 통해 산 무농약 쌀도 두 봉지로 나누어 담았다. 난생 처음으로 지어본 참깨로 짠 참기름도 두 병을 담아 가방을 꾸려보니 꽤 묵직했다.

그동안 양쪽 어머니로부터 얻어만 먹어왔는데 이제는 농사를 짓고 사는 덕에 별 것 아니지만 뭔가를 드릴 수 있게 되었으니 마음만은 즐거웠다. 그 옛날 외할머니는 우리 집에 오실 적마다 보따리를 싸들고 오셨고 그때마다 어머니는 '누가 이런 걸 다 먹는다고 고생하며 싸들고 다니느냐.' 고 핀잔 아닌 핀잔을 해댔다.

그러나 어머니 역시 외할머니의 연세가 되기도 전부터 다니러 오는 딸들 보따리 꾸려주시느라 바빴고 그때마다 우리 딸들로부터 제발 빈손으로 다니시고 싸 줄 생각 좀 그만하시라는 핀잔을 들어야 했다. 아, 이 질긴 식민지의 역사여!

이번만큼은 좀 다르겠지 싶었는데도 내려오는 길에 내가 가져올 짐보퉁이는 다섯 개나 되었다. 시어머니께서는 내가 떠나오기 하루 전부터 만두를 빚었다가 꽁꽁 얼려 스티로폼박스에 넣어주셨다. 아들 손주가 만두라면 자다가도 눈을 뜰 정도이니 그만한 선물이 또 어디 있겠는가. 친정 어머니는 올해 내가 고추 농사를 지었는데도 우리 몫의 고춧가루를 따로 장만해 주셨다. 농사지은 고춧가루는 모두 내다 팔라는 말씀과 함께. 고추장은 시어머니가, 된장은 친정 어머니가 담가 주시겠단다.

농사를 짓고 사는 지금까지도 나의 식민지 착취(?)는 끝나지 않았던 것이다. 물론 어머니들께서야 그것을 착취라고 생각하지 않으시겠지만 도대체 나는 언제나 이 식민지를 해방시켜 드릴 수 있단 말인가. 내겐 딸이 없으니 이 질긴 식민지의 역사를 내 며느리에게로 이어갈 즈음이 아닐까.

유자차를 담그며

며칠 전 뒤뜰에 딱 한 그루 심어져 있는 유자나무에서 유자를 땄다. 이것 역시 농약을 하지 않아 겉에는 알 수 없는 그림이 무수히 그려져 있는 모습이었지만 어액과 EM발효퇴비를 양껏 먹어서인지 향기만은 일품이었다. 한 개 한 개 딸 때마다 그윽한 향기에 취해 콧노래까지 나올 지경이었다. 몇 번 가시에 찔리고 급기야는 5단 사다리에서 떨어지는 불상사를 겪기도 했지만 금세 바구니는 그득해졌다. 맨 윗가지에 달린 몇 개는 폼으로 놔두었다가 키 닿는 사람이 와서 따가도록 내버려두기로 했다.

어릴 적 우리 집 마당에는 여러 가지 유실수가 해마다 탐스런 열매를 맺곤 했다. 그중 어린 내 마음을 가장 들뜨게 했던 것은 다름 아닌 앵두였다. 초봄에 연한 분홍빛 꽃을 피워 올리는데 그 꽃들 사이로 여리디 여린 초록빛 이파리가 빼꼼이 밀고 올라오는 모습은 얼마나 아름다운지 모른다. 달밤에 창문으로 내다보면 앵두나무는 마치 살아있는 양 펼쳐진 가지들 사이로 달빛을 받으며 서 있었고, 그 모습은 마치 예쁘게 차려 입힌 어린아이들의 손목을 이끌고 봄 놀이 나온 어머니의 고운 자태 같기도 했다.

그보다 더 황홀한 것은 봄비에 꽃잎이 지는 풍경이다. 봄비에 떨

서귀포

어진 분홍빛 꽃 이파리들이 빗물을 타고 마당을 흘러내리면서 만들어 놓은 꽃냇물은 얼마나 황홀했는지 …….

꽃이 지고 잎이 무성해지면서 흰색에 가까웠던 초록빛 열매가 붉게 익어 가면 앵두를 딸 때가 되었다. 오가는 길에 몇 알씩 따서 입에 물면 그 상큼한 맛은 알사탕보다 더 기막혔다.

어머니는 우리가 학교에서 돌아올 즈음에 앵두를 따셨는데 가장 먼저 챙기시는 것이 커다란 대바구니였다. 보통 때에도 그 커다란 대바구니를 다 채울 만큼 앵두가 많이 열리지도 않았건만, 해거리를 해서 한 움큼밖에 안 열린 해에도 어김없이 대바구니가 동원되었다. 적게 열렸다고 작은 그릇에 따면 나무가 노한다는 말씀이었다.

한사코 큰 바구니에 따야 나무가 '다음 해에는 저것을 다 채워야 겠군.' 하고 생각한다는 것이었다. 앵두나무 맞은 편에 서 있는 대추를 딸 때에도 마찬가지였다. 대추나무에 올라가는 일은 어머니나 내가 주로 맡았는데 대추를 아래로 던질 때에도 대바구니가 하도 커서 땅으로 튕겨져 나가는 일이 없을 정도였다. 어쩌다 열 개 남짓 열리는 모과를 딸 때는 더욱 그랬다. 모과는 특히 아버지가 좋아하셔서 그 중 잘 생긴 것만(그래봤자 모과지만) 몇 개 골라 머리맡에 두고 겨우내 향내를 맡으셨고 나머지로는 모과차를 담가 감기 기운이 들 때면 약처럼 마시게 했다. 그 귀한 모과 역시 턱없이 커다란 대바구니에 푹 싸안듯 따시곤 했다.

그것은 오랜 삶의 체험에서 나온 슬기였을 것이다. 나무를 살아있는 생물로 대하는, 그래서 그것과 교감하는 살아있는 삶의 지혜였음을 이제야 알겠다. 그러고 보니 내가 유자를 따 담은 바구니가 너무 작고 초라해 보인다. 아예 컨테이너 상자를 가져다놓고 딸 걸 그랬나? 미처 슬기를 발휘하지 못한 나를 예쁘게 봐주어 내년에는 더욱 많이 달려주길 바랄 뿐.

유자는 깨끗이 씻어 물기를 말렸다가 이튿날 흑설탕에 재웠다. 집안에 모아두었던 갖은 유리병이 다 동원되었다. 한 병은 큰 아이 담임 선생님 몫이고, 또 한 병은 2년째 담임을 맡고 계신 작은 아이 담임 선생님 몫, 또 다른 한 병은 지난해 전학 온 큰 아이를 따뜻하게 거두어 주신 6학년 때 담임 선생님 몫이다. 별 것 아니지만 내 집안에서 열매 맺은 것으로 차를 담가 선물하는 내게는 그게 시골 사는 재미이고, 받아 드시는 선생님들은 그게 시골 학교에 근무하는 잔재미일 것 같아서이다.

차를 다 담고 나서야 올해 유자를 따면서 내가 저지른 또 하나의 치명적인 실수를 깨달을 수 있었다. 아이들이 모두 학교에 간 사이 나 혼자 그 즐거움을 독차지했으니 언제 나는 철이 들꼬. 내년에는 사다리에서 몇 번 떨어지는 한이 있어도 아이들 손으로 커다란 바구니를 채우도록 해야겠다.

마흔에 밭을 일구는 여자

제주섬에서의 우리 가족의 생활을 담은 책 제목을 정할 때였다. 나 혼자서 마음에 두고 있던 몇 가지 제목을 제시했는데 출판사 쪽 의견은 나와 달랐다. '마흔에 밭을 일구다'로 하자는 것이었는데 막상 그렇게 결정하고 보니 숨이 턱 막혀왔다. 여자 나이 서른 아홉. 나는 지난 몇 달 동안 마흔의 나이를 앞두고 한차례 열병을 앓았었다.

사실 나는 2년 전만 해도 내 나이에 대해 무관심했었다. 6남매의 막내에다 5남매의 막내며느리니 집에서는 늘 '어린' 사람이었고, 사회생활을 할 때에도 내 주변에 나이 많은 '어른'들은 넘쳐나게 많았다. 그러다가 막상 귀농을 하고 보니 웬걸 동네 젊은 여자들 속에서 나는 위에서 몇 번째 안 되는 '언니'였다. 거의가 30대 초반이거나 막 중반에 들어선 나이였고 보통 셋 이상의 아이를 낳는 우리 동네에서 어린이집이나 유치원에 다니는 아이가 없는 몇 집 가운데 하나가 우리 집이었다. 좀 묘한 기분이 들었다. 아, 내가 나이를 먹긴 먹었구나 싶은, 불쾌하지는 않은데 그렇다고 유쾌할 수도 없는 야릇한 자각 앞에 가끔씩 주눅이 들기도 했다.

그러다가 올해 큰 아이가 중학생이 되고 보니 막연하게 묘하고 야릇하기만 했던 감정이 좀더 분명하게 내게 다가왔다. 뭐랄까 조금은 당혹스럽기도 하고 뭔가에 쫓기는 듯한 절박감이 불쑥불쑥 고개를 들고 일어서는 것이었다. 마흔을 코앞에 둔 나이. 물리적인 노화가 겁나는 것이 아니라 이제 앞으로는 어떠한 새로운 시도나 도전이 아예 불가능할 것 같은 심리적 위축이 더 두려웠다. 물론 지금까지 내가 감행해온 어떤 도전이나 시도에도 비할 수 없는, 귀농이라는 대모험을 막 시작한 상태에서 또 다른 도전을 생각한다는 것은 가당치 않은 일이지만 '이제는 내 인생도 거의 판가름났다.'는 식의 낭패감이 드는 건 어쩔 수 없는 노릇이었다.

정말 그것은 낭패감이었을까? 여자 나이 마흔이면 정말 '끝장' 난 것일까? 자다가도 벌떡 일어나 몰두할 만큼 한때 나는 나의 생물학적 나이에 예민해졌다. 아직 하고 싶은 일도 너무 많고 이루지 못한 숙제가 산더미같이 쌓여있는데 내가 어느새 마흔이라니 억울하기도 하고 누군가에 사기 당한 것처럼 속이 상했다.

그러던 어느 날 큰언니와 통화를 하면서 속내를 털어놓았더니 언니가 들려준 한마디가 일품이었다. '네가 시속 20킬로미터로 늙어가고 있다면 나는 시속 120킬로미터로 늙어가고 있다.' 큰언니는 나보다 무려 열 다섯 살이 더 많다. 아, 결국 늙어간다는 것은 그 속도를 체감하게 되는 것이구나.

어느 날인가는 나와 여섯 살 차이가 나는 둘째언니와 통화하면서 나이 이야기를 꺼냈더니 흔연히 들려주는 말이 이랬다. '억울할 것 없다. 마흔이 넘으니까 나 혼자만 두세 살씩 먹지 않는 것만도 감사하게 생각되더라. 남들은 한 살씩 먹는데 나 혼자만 두세 살씩 먹어야 한다면 그건 정말 억울할 일이지.' 듣고 보니 정말 그랬다. 정상적으로, 순

리적으로 나이를 먹는 것도 기가 막힌데 남들보다 더 빨리 늙어야 한다면 그것처럼 억울한 일이 어디 있겠는가 말이다.

내 인생의 30대가 지금 저물어가고 있다. 이제 앞으로 10년 동안 나는 마흔의 나이로 살게될 것이다. 누군가는 나이가 들어감에 따라 좋아지는 것 한가지가 자유로움이라고 한다. 나이가 들었기 때문에 뭔가를 할 수 없는 것이 아니라 어리고 젊었을 적에 하지 못했던 일을 비로소 할 수 있게 되는 데에서 오는 자유가 그리도 사랑스럽단다. 그리고 자기도 모르게 자기 안에 차곡차곡 쌓인 여러 가지 지혜를 발휘하게 되는 순간 너무도 행복하단다.

아마 내가 이 경지에 오르기까지는 마흔의 나이를 훌쩍 넘겨야 할지도 모르겠다. 그래, 조바심은 내지 말기로 하자. 나는 아직 시속 20킬로미터인데다 남들과 공평하게 늙어가고 있으므로. 무엇보다도 나는 마흔에 밭을 일구는 여자이므로. 내가 일구는 밭에는 무수한 생명의 뿌리가 살아있지 않은가.

‘오전 근무조’ 유감

이제 와서 생각해 보면 황당하기 짝이 없는 이야기지만, 내가 남편을 따라 농부가 되겠노라고 결심을 굳혔을 때 남편은 제법 호기롭게 말했다.

‘농사를 지어 식구들 먹여 살리는 것은 내가 책임지겠으니 당신은 텃밭에 오전 근무만 해라. 나머지 시간을 다 가져도 좋으니 반드시 작품을 써야 한다.’ 고. 한편으로는 가슴이 뜨거워질 정도로 고마운 말이었고 다른 한편으로는 무시무시한 조건이기도 했다.

우리의 귀농 스토리를 잘 아는 어떤 이가 자기 시어머니에게, 누구누구는 시골로 농사지으러 가는데 남편이 오전 근무만 하라고 했다며 참 부럽다고 했더란다. 그랬더니 그 시어머니 하시는 말씀, ‘아직 철이 없구먼. 농사가 오전 근무 따로 오후 근무 따로 해서 되는 일로 아는 모양이지?’ 하시더란다. 그 분은 평생을 시골에서 채소 농사를 지어오신 분이라고 했다.

나도 물론 이곳에 온 지 채 1년이 되지 않아 그 분 말씀마나따나 농사라는 게 오전 오후 근무가 따로일 수 없나는 사실을 충분히 깨달을 수 있었다. 늘 24시간 365일 비상대기해야 하는 일이 농사인 줄 알겠고, 때로는 나무가 시키기 전에 땅이 부르기 전에 야근(?)도 불사해야 하는 일이 농사인 줄 이미 터득했다. 애초에 '오전 근무조' 따위는 있을 수 없는 것이 농사인 것을!

적어도 50센티미터는 됨직한 폭설이 내렸던 지난 며칠 동안 우리 부부는 쉬지 않고 일했다. 눈이 내리기 시작한 첫날 하우스 지붕 비닐은 걷어둔 상태였다. 남편과 나는 비닐 지붕에 그대로 눈이 쌓이는 것보다 아래로 떨어지는 게 더 나을거라고 생각했으니 그것은 곧 경험 없는 초보 농꾼의 한계 그 자체였다.

눈보라를 헤치고 경운기를 우리 집까지 몰아다 준 승훈 씨와 상철 씨가 깜짝 놀라면서 곧바로 비닐을 덮으라며, 할 수 있다면 하우스에 장작불을 지펴 눈을 녹이라고 가르쳐주었다. 이튿날 여전히 쏟아지는 눈, 하우스 안은 컴컴했고 우리는 행여나 하우스가 무너지지나 않을까 조바심을 내며 장작불을 피웠다. 다행히 감자를 심기 위해 감귤 묘목과 고추나무를 이미 뽑아놓은 상태라 불을 놓기가 쉬었다. 서너 군데 불을 피워놓으니 아치 형태의 지붕 위의 눈이 쩍 갈라지며 서서히 홈통 쪽으로 흘러내렸다.

눈 속을 헤집어 장작을 찾아다가 불을 피우면서 혹시나 내부의 온기가 바깥의 냉기와 만나면서 비닐이 찢어지지나 않을까 내 속도 덩달아 까맣게 타는 동안 남편은 경운기로 밭을 갈기 시작했다. 눈에 갇혀 어차피 다른 일은 볼 수가 없으니 눈이 오는 동안 비닐 하우스에 감자 파종까지 다 끝낼 계획이었다.

세상 일이 계획대로만 된다면 얼마나 좋으랴. 서너 고랑만 갈아도 로터리에 낀 풀과 짚을 제거해야 하는 일이 반복되었다. 아무래도 고랑이 낮은 것 같아 로터리 대신 쟁기를 바꿔 달았지만 그도 익숙치않아 삐뚤빼둘 고랑 모양이 엉망이었다. 다시 로터리로 바꿔 달기는 어찌 그리 힘이 드는지. 기계치(機械痴)인 나는 물론이고 기계 만지기에 능숙하지 않은 남편도 쩔쩔매기 일쑤였다. 5백 평도 안 되는 밭을 가는데 꼬박 이틀이 걸렸다면 웃지 않을 사람이 없을 게다.

그렇게 눈이 오는 동안 내내 우리는 경운기와 씨름하며 밭을 갈고 매운 연기를 마셔가며 장작불을 땠다. 이게 어디 '오전 근무조'의 일이라 할 수 있겠는가 말이다. 게다가 비닐 하우스라는 것도 그렇다. 이것이 없을 때는 비가 오거나 눈이 오면 그날은 휴일이나 다름없었다. 하지만 이젠 아니다. 일이 있으면 날씨 핑계 댈 것도 없이 일을 해야 하고 태풍이 불면 날아갈까, 눈이 오면 무너질까 오만가지 걱정에 사로잡혀 사니 이건 진짜 아무리 봐도 '일년 무휴 전일 근무조'이다.

창밖에 눈발이 너울거리는 날 뜨뜻한 아랫목에 배 깔고 누워 먹던 김치 빈대떡 생각이 굴뚝같았지만 나는 도리 없이 '전일 근무'를 해야 했다. 가끔 눈이 마주칠 때마다 남편에게 볼멘 소리나 던지는 것으로 위안을 삼을 수밖에.

'나 아무래도 속아서 왔나봐!'

약간의 불편함이 주는 즐거움

우리도 드디어 'net족'이 되었다. 이제는 속도가 느리기 짝이 없는 전화모뎀 연결 인터넷 때문에 짜증을 내지 않아도 될 모양이다. 남들처럼 무료사이트에 들어가 마음놓고 시외전화를 쓸 수도 있고 필요한 정보는 손쉽게 금방 찾을 수도 있다. 그러고 보니 이제야 비로소 명실상부한 '21세기'에 살고 있는 듯한 느낌이다.

그렇다고 초고속 인터넷 전용선이 깔리기 전 우리가 늘 불편하고 불행했던 것은 아니다. 다만 친구들이 전자우편 주소를 물어올 때마다 아직 우리 집은 전자우편을 주고받을 형편이 못 된다고 대답하면서 약간 곤혹스러웠던 것 뿐이다. 아직 전용선이 안 깔린 곳이 다 있느냐고 반문하는 사람을 대할 때는 솔직히 정보사회의 절해고도에 유폐되어 있는 듯한 느낌이 들기도 했지만 속내까지 그런 것은 아니었다. 반딧불이가 살고 있는 심산유곡에 하나 동그마니 남겨진 초가처럼 그렇게 청정지역에 살고 있는 것 같은 착각도 때로는 유쾌했다.

이곳에 이사오기 전까지 나는 1년에 단 한 통의 편지도 쓰지 않고 살았다. 전화와 팩스를 이용하니 편지를 써서 우표를 붙여 우체통에 넣는 일은 까마득한 옛일이 되었었다. 하지만 여기 이사와서는 적어도 한 달에 한두 통은 편지를 쓰게 된다. 지인이나 친구 등 아주 가끔은 내 글을 어디선가 읽고 편지를 보내온 독자들에게 나는 편지를 써서 부친다. 대개는 컴퓨터로 쓰지만 가끔은 볼펜으로 '진짜' 편지를 쓰기도 한다. 서랍 속에 두둑이 들어있는 흰봉투와 우표를 꺼내 편지 쓰기 마무리를 할 때는 기분마저 신선해진다.

어릴 적 햇살 좋은 가을날 온 집안의 방문과 창문을 떼어내 창호지를 새로 바를 때면 아버지는 꼭 뜨락의 국화잎이나 장미꽃잎을 말려두었다가 손잡이 부분에 포개어 바르셨다. 그 모습을 지켜보던 바로 그 신선한 기분 같다고나 할까. 달빛이 어스름한 날 밤 어쩌다 잠에 깨어 일어나 보면 나보다 더 먼저 달빛에 취해있던 그 초록 이파리와 붉은 꽃 이파리의 아름다움은 아직까지 내 마음속에 오래도록 살아있다.

어쩌면 나는 이왕 쓸 편지라면 그렇게 누군가의 가슴속에 오래도록 남을 편지를 쓰고 싶은 건지도 모르겠고 그런 거라면 전자우편보다는 보통 편지가 더 나을 거라는 생각을 하고 있다. 게다가 보통 편지라야 아들 녀석들 심부름시키는 재미도 있다. 우리 마을에 단 하나 있는 우체통은 내 걸음으로 10분쯤 걸어가야 하는 곳에 있다. 편지를 쓰고 나면 아들 녀석들에게 좀 부쳐달라고 일부러 심부름을 시킨다. 알았다고 대답하며 소중하게 흰 봉투를 안주머니에 넣고 나가는 아들 녀석의 뒤통수는 얼마나 예쁜지 모른다.

가끔 한가한 날에는 면소재지까지 나가 우체국에 들러 편지를 부친다. 편지 한 통 부치자고 일부러 차를 타고 나온 게 멋쩍으면 우체국 맞은편 생선 노점상에서 저녁 찬거리를 산다. 한 두 마리쯤은 덤으로 덥석 집어주는 '삼촌' 은 늘 나를 시집간 막내딸 정도로 여기시는 듯하다. 그래서 나는 계획에도 없이 이것저것 찬거리를 '충동구매' 하기 일

서귀포

쑤다.

'삼촌 때문에 나 오늘 또 과소비 해수다.'

하면 되돌아오는 말은 늘 정해져 있다.

'내가 아무한테나 이추룩(이렇게) 하영(많이) 주는 줄 알암시냐(아느냐), 퍼줄 때 사가라, 다 너 이익이다.'

조금은 불편하고 손이 많이 가는 일에서 더 큰 즐거움을 얻게 된다는 것을 나는 편지 쓰는 일에서 실감하곤 한다. 이러한 경험은 살림살이에도 그대로 살아난다. 세탁기를 쓰지 않고 손으로 빨아서 삶은 다음 햇볕에 바짝 말린 면 빨래의 빳빳하게 살아있는 순백색, 청소기로 대충 밀지 않고 마른 걸레로 먼지를 훔쳐낸 다음 젖은 걸레로 닦아낸 뒤의 뽀송뽀송한 청결감, 항상 그럴 수는 없지만 나는 가끔씩 이런 다소 원시적 노동이 주는 유쾌함을 즐기고 산다.

아름다운 인연

아무도 없는 오전 시간, 한껏 게으름을 피우며 느지막이 일어나 아침 겸 점심을 먹고 컴퓨터 앞에 앉으려는 순간, 전화벨이 울렸다.

"저예요, 선생님. 신영이예요. 선생님 제자 신영이요."

나직한 중년 여성의 목소리, 그러나 그것은 분명 신영이었다. 귀농관련 잡지에 실린 내 책에 관한 기사를 읽고서 전화번호를 수소문해서 걸었단다.

신영이를 만난 건 내가 대학 4학년 때 교생실습 나간 서울의 한 여고에서였다. 그때 내 나이 스물 셋, 먹고 살기 위해서 직업을 선택해야 한다거나, 사회적으로 성공해야 한다거나에 도무지 관심을 주지 않았던 그 시절, 마지막 보루라고 생각하고 신청한 교직과목이었지만 나는 죽어도 교직은 선택하지 않을 생각이었다.

내가 배치된 신영이네 반 아이들과 4주 동안 같이 지내면서 아무런 심리적 부담감을 느끼지 않고 편한 관계를 맺을 수 있었던 것도 '교직자는 이래야 할 것이다.' 혹은 '학생에게는 이렇게 지도해야 한다.'는 의무감이 내겐 아예 없었기 때문이었다. 성적이 떨어졌다며 울면서 상담을 해오는 학생에게 '성적이 떨어졌다고 네 인생이 망가지기라도 한단 말이냐?' 며 오히려 호통을 쳤고, 총각 선생님을 짝사랑하고 있는

데 어찌하면 좋겠느냐고 물어오는 학생에게는 '너 아니라도 그 총각 선생님 짝사랑할 애들 많으니까 너는 차라리 너와 이야기를 터놓을 수 있는 좋은 남자친구를 만나는 게 좋겠다.' 고 대꾸해 주기 일쑤였으니 나는 참으로 한심한 교생이었다.

실습 마지막 날, 마지막 수업과 함께 작별인사를 하고 나오려는데 아이들이 내게 한아름 선물을 안겨주었다. 그것은 금박지와 은박지로 접은 천 마리의 학과 함께 카드를 넣어 만든 유리상자였다. 50여명이 스무 개씩 접어서 만든 내 선물은 그 날 나를 이 세상에서 가장 행복한 사람으로 만들어 주기에 충분했다. 동료 교생들이 가방이 찢어지도록 받은 스타킹이나 초콜릿이나 인형 같은 선물에는 비교할 수 없는 값진 선물이었고 지금도 나는 그 종이학을 소중하게 보관해 오고 있다.

그 빛나는 선물 준비를 주도했던 아이가 바로 반장이었던 신영이었다. 신영이는 봄 소풍 때도 몇몇 아이가 무대를 뒤흔들고 들어가는 다른 반과는 달리 학급 전체가 참여할 수 있는 연극을 준비하는가 하면, 그때로서는 흔치 않았던 학급 티셔츠를 만들어 다함께 입자고 제안했던, 아이디어가 풍부하고 어디서나 당당하게 자기 주장을 펴던 아이였다.

어쨌거나 신영이를 비롯한 몇 명의 아이들은 내 졸업식과 결혼식에 하객이 되어 내 인생의 중요한 의식 때마다 증인이 되어주었다. 신영이는 내가 결혼한 후에는 내 신혼집을 뻔질나게 드나들며 내 남편을 형부라고 부르질 않나, 남편이 친구들과 계획한 지리산 종주에 끼여들지를 않나 몇 년 동안 꼭 내 친동생처럼 지냈었다. 그러다가 연락이 끊긴지 11년, 그 신영이가 전화를 걸어온 것이다. 나와 별로 나이 차가 없는 신영이도 이미 '아줌마' 가 되었으니 그 세월의 깊이와 넓이를 어찌 다 말로 하리요.

신영이는 최근 귀농교육까지 받았단다. 자기는 농사를 짓고 싶은데 컴퓨터 프로그래머인 남편이 시기를 좀 뒤로 미루자고 해서 생각중이란다. 서울 근교로 이사가서 전원생활과 함께 직장생활을 겸해 보는 게 어떠냐는 남편에게 신영이는 '그런 식으로 사는 것은 농부가 아니다. 나는 진짜 농사를 짓고 싶다.' 며 아예 고민할 시간을 더 가져보자고 했다는 것이다.

그 모습이 몇 년 전 농부가 되고 싶은 꿈을 불태우던 내 남편과 너무 닮은 꼴이어서 피식 웃음이 나왔다. 사람 사는 길은 오래 생각하던 대로 열리게 마련인 법. 어쩌면 몇 년 뒤에는 신영이도 내 곁에 와서 농사를 짓게 될지도 모르겠다. 내 곁이 아니면 어떤가. 이 땅 어디에라도 신영이가 뿌린 씨앗에서는 신영이처럼 반듯하고 알찬 곡식이 여물 것을 나는 믿는다.

양파 주머니에 찾아온 봄

어느새 이곳 제주에서 세 번째 봄을 나고 있다. 첫 해는 질기고 질긴 고사리장마와 더불어 이삿짐 정리하느라 정신없었고 지난해에는 이제 막 배운 농사에 시간가는 줄 몰랐다. 올해는 바쁜 걸로야 치자면 지난해와 비교도 안되지만 그래도 마음이 조금 덜 어수선한 것이 제주의 봄에 많이 익숙해진 느낌이다.

며칠 전 내내 미뤄두었던 작두콩 파종을 마쳤다. 건사를 잘못하여 썩어버린 몇 알을 빼고는 모두 창가와 하우스 안 파이프 옆에 정성껏 심었다. 엄지손가락 한 마디쯤 되는 분홍빛 콩은 꼭 내 아이들 어렸을 적 볼기짝 색깔이다.

일일이 구멍을 파고 쭈그려 앉아 심는 일은 쉽진 않지만 씨앗을 심는 일은 늘 그렇듯 마음을 설레게 한다. 심기만 사람이 할 뿐 햇살과 바람과 비가 작두콩을 부지런히 키워 머잖아 어른 손바닥보다 더 넓은 이파리가 무성해질 게고 한 뼘이 훨씬 넘는 꼬투리 속에서 열 개 가까운 콩알들을 고루 살찌워 줄 것이다.

작년엔 딱 세 알을 심었는데 거기에서 얻은 알이 자그마치 1백 개쯤 되었다. 철사줄처럼 두껍고 질긴 줄기가 힘차게 뻗어나가면서 보기에도 탐스러운 꼬투리를 만들어갈 때 사람들은 통째로 갈아먹으면 그만한 약이 없다고들 했지만 우리는 아까워 손도 댈 수 없었다. 올해는 찬이 엄마가 챙겨준 알까지 합쳐 2백 개 가까이 심었으니 한두 번쯤은 믹서에 갈아 남편에게 맛을 보일 수도 있겠다.

바깥일을 마치고 들어와 저녁 찬거리를 만들려고 양파 주머니를 열어보니 모두들 연초록 새싹을 달고 있다. 아침저녁으로 춥다고 몸을 움츠리며 봄은 어디쯤에나 왔나 불평만 해댔는데 세상에, 이미 봄은 양파 주머니 속에 와 있었다. 뾰족하게 내민 양파 싹은 꼭 내 아이들 어렸을 적 분홍빛 잇몸에 새로이 돋아나던 앞니처럼 생겼다. 제일 통통하게 잘 생긴 걸로 골라 유리컵에 꽂아둘까 하다가 이내 그만두었다. 그런 것은 예전에 도시의 아파트에서 살 때나 하던 짓이 아니던가. 꽉 막힌 집에 살면서 그나마 봄기운을 느껴보자고 해보던 짓이었다.

문만 열면 초록빛 잔디 색깔이 하루가 다르게 짙어감을 금세 확인할 수 있고, 마당 곳곳에는 낮게 엎드려 피어있는 민들레꽃이 있고, 눈부시게 흰 꽃을 달고 있는 배나무가 있는데 유리컵에 꽂힌 양파 싹이라니. 양파 주머니에 슬그머니 먼저 와 있던 봄을 느끼는 것만으로 나는 너무 만족하고 또 그지없이 행복하다. 그렇다. 이제는 봄을 느끼는 대상이 달라졌다. 하늘거리는 봄옷이나 한껏 화사해진 거리 풍경에서 느꼈던 예전의 봄은 지금에 비하면 얼마나 인공적이고 무미건조한 맛인가.

잔디에 푸릇푸릇 물이 오르고 여기저기서 잡풀들이 삐죽삐죽 고개를 디밀 때쯤이면 겨우내 덮었던 솜이불을 들여 넣고 얄팍한 차렵이불로 바꿀 때이다.

하루 종일 따사로운 햇살이 노니는 텃밭에 이불 홑청 빨래를 널고

서귀포

고추장 항아리 뚜껑을 열어 해바라기를 시켜주노라면 세상에서 제일 부자가 된 느낌이다. 아침저녁으로 느껴지던 찬 기운이 물러날 때쯤엔 겨울 커튼을 떼고 얇은 커튼으로 바꿔 다는 일을 서둘러야 한다. 스웨터나 두꺼운 바지 종류의 빨랫감이 산더미처럼 쌓이는 때도 이즈음이다. 예전 같으면 일년 내내 창에는 블라인드나 버티컬이 걸렸던 탓에 빨래할 필요도 없이 어쩌다 마음 내키면 물걸레질 한번 해주는 것으로 끝났고 스웨터 같은 겨울옷들도 웬만하면 세탁소에 맡겨버렸었다.

하지만 이젠 아니다. 모두 내 손이 가야 하는 일들이다. 일년 농사가 시작되는 이 바쁜 봄날, 밭으로 나가는 시간을 쪼개어 집안 청소와 빨래에 시간을 보내고 있으니 아직 덜 된 농꾼인 것만은 확실하지만 그래도 나는 몸뚱이로 느껴지는 이 봄기운을 애써 외면할 수가 없다, 아직은. 그러고 보니 이른 봄 창고 곁에서 진한 향내를 피워 올리던 백리향도 이젠 꽃이 다 져버렸다. 엄지손톱 만한 분홍빛 꽃이 셀 수도 없이 피어있는 것을 발견하기도 전에 우리는 어디선가 풍겨오는 황홀한 꽃 내음에 먼저 취했더랬다. 마당에만 나오면 멀리서 들려오는 음악처럼 가슴을 설레게 하던 그 백리향. 우리 식구는 그 꽃 이름을 바꿔 부르기로 했다. 향기가 만리도 넘게 퍼져갈 것 같아 붙인 이름이 '만리향'.

꽃이 져버린 '만리향' 앞을 얌체같이 가리고 섰던 복달나무가 이제 막 새싹을 힘겹게 밀어내고 있는 중이다. 아, 정말 봄이다.

'없앰' 과 '덧붙임' 의 자유

이제야 일상적인 제주도 말은 조금씩 알아듣게 되었지만 여전히 우리에게 이방인의 존재임을 깨닫게 해주는 것이 제주 토속어이다. 처음에 이사와서는 지극히 간단한 인사말조차도 몇 번씩 생각을 하고 묻고 물어서야 소통이 가능했으니 어디 속성으로 배우는 제주 토속어 코스가 없나 싶을 만큼 답답했었다. 다행히 학교에 다니는 아이들이 날마다 친구들에게서 듣고 물어다주는 말을 귀 넘어 배울 수 있어 이제는 대강으로나마 의사를 소통할 수 있게 되었지만 말이다.

'고라봅서' 라는데 무엇을 고르라는 이야긴지 알 수가 없어 입다물고 있으면 뒤늦게서야 상대가 '말해보라' 고 고쳐주었고, '속았수다' 하길래 내가 무엇에 속아넘어갔나 싶어 바짝 긴장하면 '수고했다' 고 바로잡아주어 비로소 안도의 숨을 내쉬는 우리의 꼴이라니. 내 고향 남도의 사투리도 어지간하지만 이곳 말은 어딘가 외래어 같은 느낌이 들어 심정적으로 그리 쉽게 친밀해지지 않았던 게 사실이다. 그러다가 꼭 배워야겠다는 의식 없이 듣고 읊조리다 보니 이제는 간단한 말 정도는 육지 말보다 더 빨리 내 입에서 튀어나오기도 한다.

나름대로 제주 언어가 가지는 특징을 정리해보면서 아마도 나는 제주의 자연 못지 않게 제주의 언어를 사랑하게 될 것 같은 예감이 든다. 무엇보다도 제주 언어는 '없앰'과 '덧붙임'이 자유분방하여 사랑스럽다. 물론 그 속에 일정한 또는 나름대로의 규칙이 담겨있긴 하겠지만 나로서는 그런 전문가적인 지식이야 알 길이 없고 일상 언어에서 맛볼 수 있는 그 자유로움이 마냥 신기하고 좋다.

'~아니냐?' 라고 물어야 할 것을 '~아니?' 라고 싹뚝 잘라버리는 경쾌함, '가서 보고 와서 말하라'는 거추장스러운 문장도 '강 방 왕 고라'라는 단순명료한 문장으로 바꿔버리는 재치, 굳이 '했느냐?' '갔느냐?' 라고 물을 것 없이 '핸?' '간?' 단 한 음절로 의사를 소통하는 생략의 묘미가 은근히 즐겁기까지 하다.

그런가하면 내 보기에 별반 필요할 것 같지 않은 말을 덧붙임으로써 말의 맛을 더하는 것도 재미있다. '했수다' 하면 될 것을 '했수다게' 하고 나면 뭔가 색다른 뉘앙스가 맡아진다. 때로는 '했다니까 그러네'의 의미 같기도 하고 때로는 어리광 비슷한 친근감마저 느껴지기도 한다. '합서게'도 그냥 '하시오'가 아니라 때로는 '해버리시오'로 들려 까짓것 하고 말지 하는 심사가 되기도 하는 것이다. 말의 첫머리나 끝머리에 곧잘 붙는 '양'은 또 어떻고. '양, 오늘 우리 집에 옵써양!' 하면 '오늘 우리 집에 오세요' 보다 훨씬 강조된 뜻으로 받아들이게 된다. 아 저 사람이 오늘 자기 집으로 와달라고 간곡하게 말하는구나 하는 마음이 같이 읽혀지는 것이다.

말을 필요 이상으로 싹뚝 잘라 하는 습성은 오간 데 없이 몇 가지 말은 늘려서 하는 습관도 흥미진진하다. '안 하고' 하면 될 것을 꼭 이곳 사람들은 '아니 하고' 라고 한다. 게다가 별 뜻 없이 붙이는 것 같은 '~그내'라는 말은 참 예쁘기도 하다. '고사리 꺽어당 삶아그내 말려

그내~' 아직 내가 그 흉내를 낼 경지에는 이르지 못했지만 듣고 있자면 꼭 노래를 듣고 있는 것 같은 착각이 든다.

물론 난 아직도 밭일을 할 때는 반벙어리 수준이다. 동네 어멍들이 빠른 속도로 큰소리로 이야기하면 그만 정신을 놓쳐버리고 말문이 닫혀버린다. 그네들의 없애고 덧붙임이 지나치게 자유분방한 말을 도저히 알아들을 수 없는 까닭이다. 숟가락 숫자까지 뻔히 알고 지내는 사이다 보니 열 마디 할 것을 한 마디로 줄여도 다 뜻과 마음이 통하는 사람들끼리의 정서에 내가 감히 끼여들 수 없는 탓이다. 내가 제주언어에 익숙하게 된다는 것은 곧 이곳의 정서에 동화된다는 것과 다름없는 일이라는 것을 잘 알겠다.

나는 어머니의 거울이었다

거울을 보니 요즘 들어 나이를 물어오는 사람들이 많았던 까닭을 알 만했다. 양쪽 귀밑머리와 이마 위 앞머리에는 은빛물결이 출렁이고, 머리카락을 살짝만 들춰도 은빛 파도가 밀려오고, 뒷거울에 비친 뒤통수에는 은빛 포말이 부서지고 있었다.

아, 숨길 수 없는 이 세월이여.

하는 수없이 작정을 하고 미장원엘 갔다. 미용사에게 머리를 맡기고 있는 동안 내 기억은 삼십 년이 훨씬 넘는 세월의 저편으로 흘러간다.

마흔을 갓 넘긴 어머니가 대청 마루에 앉아 염색을 하고 있다. 대나무 살을 벗겨낸 비닐 우산을 망토처럼 어깨에 두른 어머니 앞에 양귀비 염색약병이 시커먼 아가리를 벌리고 있다. 신문지를 깔고 비닐우산 옷을 입은 어머니는 먼저 콜드크림을 아주 조금 덜어내어 얼굴 가장자리에 바른다. 그 흔한 비닐장갑이나 고무장갑도 없어 어머니 손은 망토로도 쓸 수 없을 만큼 망가진 비닐우산에서 잘라낸 파란색 비닐이 시커먼 고무줄로 질끈 동여매져 있다. 염색약을 휘젓는 가느다란 꼬챙이 빗은 원래의 색을 이미 잃은 채 시커먼 염색약에 절여져 있다.

파란색 비닐 속에 갇힌 어머니의 손이 너무 부자유스러워 뭔가 실수를 할 것만 같은 위태로움을, 어린 나는 직감한다. 그래도 어머니는 용감하고 씩씩하고 자신감 넘치는 손놀림으로 염색약을 발라간다. 한 손으로 머리카락을 뒤집고 다른 한 손으로 꼬챙이 빗에 약을 묻혀 염색하려면 어머니에게는 노는 손이 없다. 얼마 전 다리가 부러져버린 거울을 들 손이 없는 게다. 이것저것으로 뒤를 받쳐 각도를 조절해보지만 여의치 않는지 어머니는 내게 거울을 들고 있으라신다.

어린아이가 움직이지 않고 처음의 각도를 유지하기란 애초에 불가능한 일이라는 것을 어머니는 알지 못하시는 걸까. 움직이지 말라고 몇 마디 하시던 어머니는 이내 거울을 치우고 당신 앞에 바싹 당겨 앉으라신다. 이번에는 아예 날더러 당신의 얼굴을 비추는 거울이 되라 하시는 거다.

처음 얼마간은 재미있다.

"엄마, 요기, 아니 그 옆에. 아직 하얘. 조금 뒤, 옳지, 거기 거기."

그러나 여섯 살짜리 계집아이에게는 그것말고도 재미있는 일이 너무나 많았다. 어서 어머니의 염색이 끝나고 친구들이 고무줄 놀이를 하고 있는 대문 밖으로 내달리고만 싶다. 내게 돈이 있다면, 내가 아무 물건이나 살 수 있는 어른이라면 커다란 거울을 어머니에게 사주고 싶었다. 그래야 한 달에 한번 있을까 말까한 그 지루한 거울 노릇에서 벗어날 수 있을 것 같았다.

눈을 크게 뜨고 거울을 마주보니 시커멓게 염색약을 뒤집어쓴 내가 있다. 아니 그 시절의 내 어머니가 거기에 있다. 언제였을까, 내가 어머니의 거울 노릇을 벗어난 때가. 이제 다시 한번 내가 어머니의 거울이 되어드릴 수는 없을까. 여든을 코앞에 둔 어머니는 이제 더 이상 염색을 할 필요가 없다. 더욱이 이제 어머니에게는 다리가 부러지지도 않을 멋지고 튼튼한 거울이 있다. 언니 오빠들이 학교에 가버리고 난 뒤, 고즈넉하게 햇살이 고여있는 그 대청마루에 갓 마흔을 넘긴 어머니와 여섯 살짜리 계집아이인 내가 그렇게 다시 만날 수 있다면 얼마나 좋을까.

염색을 마치고 돌아오는 길, 헤아려보니 나는 딱 그 시절의 어머니의 나이였다.

잊을 수 없는 그 장미꽃 다발

카나리 야자나무 뒤에 가려있던 넝쿨 장미가 꽃망울을 터뜨리기 시작했다. 너무 진한 선홍색이라 감히 눈을 똑바로 뜨고 바라볼 수가 없을 지경이다. 바야흐로 장미의 계절이다. 조금 있으면 아이들 방 창가에선 미니 장미가 꽃을 피워 올릴 것이고 돌담 언저리 수줍게 숨어 사는 넝쿨 장미 몇 그루에 장미꽃 사태가 날 것이다. 아, 이 세상 장미꽃이 모조리 한꺼번에 꽃을 피운다한들 내 마음속에서 아직도 진한 향내를 피우고 있는 그 장미꽃다발에 비길 수 있으리요.

지금 초등학교 5학년인 둘째가 막 걷기 시작한 새끼 오리마냥 서투른 걸음걸이로 휘젓고 다닐 무렵이었으니 꽤 오래 전의 일이다. 그때도 아마 5월 이때쯤이었으리라. 어느 여성잡지에서 주관한 동화 공모에 당선이 되어 상을 받는 날 친정 아버지께서도 시상식에 와주셨다. 그런데 평소의 습관대로 약속시간보다 훨씬 일찍 나오신 아버지는 잠깐만 기다리라시며 어디론가 휑 나가시는 것이었다.

얼마나 지났을까, 시상식이 막 시작되려는 순간 아버지께서 숨을 몰아쉬며 식장으로 들어오셨다. 아버지 손에는 신문지로 둘둘 말린 장미꽃 한 다발이 들려 있었다. 식장에 도착해서야 막내딸에게 줄 꽃을 사오지 못했다는 것을 깨달았고 황망하게 나가 꽃집을 찾았으나 신흥

개발지구라 꽃집을 찾을 수 없더라는 것. 하는 수없이 포기하고 돌아오는데 어느 집 담장 밖으로 장미꽃이 넝쿨져 흐드러지게 피어 있더란다. 급한 마음에 담장 밖으로 나온 꽃 몇 송이를 꺾어 한 손에 그러모으고 구멍가게에서 신문지를 한 장 얻어 둘둘 말아오셨다는 것이었다.

그냥 오시지 그러다가 집주인을 만나기라도 했으면 어쩔 뻔했느냐는 내 핀잔에 아버지의 답변은 가히 압권이었다. '내 딸이 상을 받는데 주고 싶어 꺾는다고 말하면 말릴 사람 누가 있겠냐. 자기도 자식을 키우는 사람이라면.'

세상에 단 하나뿐인, 신문지에 둘둘 말린 그 장미꽃다발의 향기가 지금도 내 가슴으로 전해져 오는 것 같다. 내 아버지는 그런 분이었다. 내가 막내여서 또는 특별히 예뻐서가 아니라 6남매의 다른 어느 자식에게도 그렇게 하셨을 거라는 완전한 믿음을 나뿐만 아니라 다른 형제들도 똑같이 갖고 있다는 사실은 아버지가 돌아가신 뒤에 아버지에 얽힌 각자의 추억 속에서 충분히 확인이 되었었다.

아버지로부터 전폭적인 사랑과 지지를 받을 수 있다는 것은 확실히 아무나 누릴 수 있는 행운은 아니다. 특히 내 나이 또래의 한국 여성들에게는 말이다. 아버지는 당신이 쓰신 글의 대부분은 반드시 내게 보여주시고 교정을 하게 하였다. 어린 마음에 아버지로부터 작문 실력만큼은 인정받고 있구나 하고 느끼는 순간 얼마나 황홀했던가. 한 번은 여고 때 문학 동인회에서 같이 활동했던 남학생에게서 편지가 왔는데 아버지는 '예비 시인으로서 얼마든지 있을 수 있는 일' 이라고 말씀하시며 내게 건네주셨다. 그때 만약 '머리에 피도 안 마른 것이 벌써 남학생과 편지질이냐' 고 회초리를 드셨더라면?

물론 아버지의 바람대로 내가 지금 유명하거나 유능한 작가가 되어 있지 못한 것은 부끄럽고 죄송한 일이지만 생전에 아버지가 내게 주신 전폭적인 신뢰와 지지에 언젠가 멋지게 보답하리라는 오기는 아직 살아있다.

생각해보면 내게는 아버지가 늘 든든한 '빽' 이었다. 항상 어디선가 나를 지켜보고 나를 향해 지긋이 동의와 공감의 눈짓을 보내줄 거라는 믿음만큼 사람을 행복한 성숙으로 이끄는 자양분이 또 어디 있을까.

내 가슴에 살아있는, 잊지 못할 그 장미꽃다발은 곧 잊을 수 없는 내 아버지의 향기다. 이제 지천에 흐드러지게 필 장미꽃, 나도 내 아이들에게 잊혀지지 않는 향기를 안겨줄 수 있는 어미가 될 수 있을지 가슴이 뜨끔해진다.

세상에서 가장 행복한 농부

감자를 심었던 하우스에 참깨를 파종하기 위한 준비작업으로 며칠 부산을 떨었다. 제초제라곤 써본 적 없는 밭의 잡풀은 얕잡아보고 손으로 뽑으려들었다간 제풀에 엉덩방아를 찧을 만큼 억세게 자라있었다. 경운기로 두 번씩 갈아 억세기만 한 잡풀의 기를 죽여놓았지만 어차피 갈라진 뿌리며 줄기는 손으로 일일이 뽑아야 한다. 그런 다음 평탄작업을 하고 일정한 구멍이 뚫린 '멀칭용' 비닐을 씌우는 것까지가 파종 전에 마무리되어야 하는 작업이다.

윗장을 죄다 걷어올린 하우스 안에서 흙범벅, 땀범벅으로 일을 하고 있는데 우편배달부가 잠깐 나와 사인을 해달란다. 서울 사는 동생 같은 후배가 보낸 소포였다. 덩치는 큰데 이상하다 싶을 정도로 가벼운 상자를 풀어보니 한지로 만든 큼직한 부채 세 개가 여러 겹 포장되어 들어 있었다. 그리고 편지도 함께.

[그리움을 어찌 전할까 생각하다 눈에 들어온 놈들입니다 ……. 여럿이 나눠먹은 감자, 정말 맛있었습니다. 그런 감자를 먹게 된 것에 감사했습니다. 찾기 힘든 곳이라 더욱 그리운 곳에 사는, 그리운 언니 그리고 형부. 다시 뵐 날까지 건강하십시오.]

겨우 종자 값만 건지고 만 봄 감자 농사, 그 끝에 이런 행복감을 맛보게 될 줄이야. 며칠 흙에서 뒹굴며 피로하고 남루해있던 내 심신이 일시에 화들짝 깨어나는 느낌이었다. 아, 이런 맛에 농사를 짓는구나!

정말 속 상하고 남부끄러운 일이라 여태 입밖에도 꺼내지 않았지만 4백 평 남짓한 면적에서 수확한 감자는 채 스무 상자도 못 되었다. 종자를 심을 때 너무 잘게 잘라 심은 탓에 싹이 나기 전에 썩어버리고 그나마 잘 자라던 것들도 두더지인지 쥐인지 땅강아지인지가 죄다 파먹어 폐작에 가까운 상황이었지만 가까스로 거둬들인 감자 맛만은 기가 막히게 좋았다.

유용미생물로 발효시킨 액체비료만을 먹고 자란 탓인지 감자 특유의 향내도 살아있고 뽀얀 속살의 맛 또한 기가 막혔다. 우리 감자의 항산화성을 확인해보기 위해 병에 일반감자와 우리 감자를 껍질 벗겨 넣은 뒤 생수를 부어 며칠을 관찰했는데 우리 감자는 시간이 흐름에 따라 발효되는 데 반해 일반감자는 부패해버렸다. 일단 품질에는 자신이 섰으므로 대전에 사는 친구에게 모두 부쳐 소비자 직거래 판매를 하고 나머지 비상품 중에 괜찮은 것으로 한 상자 만들어 후배에게 보냈다.

며칠 뒤 대전 친구와 후배는 전화를 걸어 감자를 더 살 수 있느냐고 묻는 사람이 많은데 어떡하면 좋으냐고 했다. 다른 감자와 비교할 수 없을 정도로 맛이 좋다는 평들을 한다며 다시 감자를 재배할 계획이 없느냐, 감자를 보면 감귤도 믿을 수 있겠다며 미리 주문하는 사람이 많은데 주문을 받겠느냐 등등.

아이를 키우는 부모에게 '아이를 바르게 잘 키웠다.' 는 말만큼 최

서귀포

고의 찬사는 없을 것이다. 어떤 상황에서도 올곧게 합리적인 판단을 내릴 줄 알고 겉으로 튀기보다는 속이 꽉 찬 아이를 갖고 싶은, 그런 아이로 키우고 싶은 그런 부모라면 더욱이 그럴 것이다. 그런데 농사를 지으며 살다 보니 그 말은 비단 자식에 관계된 칭찬만이 아니라는 것을 깨닫게 되었다. 흙먼지 뒤집어쓰고 비오듯 땀흘리며 가꾼 농작물이 소비자로부터 '참 잘 키웠다'는 평가를 받는다는 것은 곧 내 자식을 두고 '아이를 잘 키웠다'고 칭찬 받는 거나 마찬가지라는 것을 말이다.

'더 살 수 있어요?'라는 말처럼 농부를 행복하게 만드는 말은 결코 없을 것이다. 게다가 소비자로부터 내가 살고 있는 곳, 농사짓는 곳에 대한 그리움까지 불러일으킬 수 있다면, 그래서 그 전할 길 없는 그리움을 이렇게 소박한 선물로 전달받을 수 있다면 세상에 아쉬울 게 없는 농부가 아니겠는가.

'동무 과부' 만들기

아직 하는 짓은 서툴지만 그래도 마음만은 영락없이 농부로구나 싶은 자각이 드는 요즘이다. 90년만의 가뭄이라던가. 바짝 타들어 가던 자신의 논에 물을 대주러 나온 군인들을 향해 엉엉 울며 맨땅에 엎드려 큰절을 하는 초로의 여인을 텔레비전에서 보면서 우리 부부는 한동안 말문을 열지 못했다. 가슴 한구석이 싸하게 아리면서 바늘에 찔린 듯 아팠던 것은 바로 우리도 그들과 똑같은 농부였기 때문이다. '과부 사정은 동무 과부가 안다.' 고 하지 않았는가.

지난 해 4월, 난생 처음 비닐 하우스를 갖게 된 우리는 꿈에 부풀어 감귤 묘목을 구해다 심었다. 농업용수 시설이 없는지라 하우스 바깥쪽에 물통을 파고 고사리 장마 지기만을 기다렸다. 이사 온 첫해 그토록 혹독한 고사리 장마를 체험했으니 올해도 문제없이 저 물통을 가득 채우겠지 싶었는데 아뿔싸, 고사리 장마 '실종' 이란다. 나무는 시들시들, 하늘은 쨍쨍. 하는 수 없이 상수도에 호스를 연결해서 나무를 살려야 했다. 몇 만원의 상수도요금이 대수랴. 그나마 수돗물이라도 줄 수 있다는 사실이 감사할 따름이었다. 나무가 목마르면 농부는 피가 마르다는 사실을 그때 처음으로 깨달았다.

사실 도시에서 농사와 무관하게 살다보면 가뭄이니 장마니 하는 자연현상에 별반 신경이 안 쓰인다. 웬만한 가뭄이 아닌 다음에야 수도꼭지 틀면 저장된 물이 절로 나오고 상습 침수 지역이 아닌 다음에야 며칠 불편을 겪고 나면 장마는 끝나게 마련이다. 나도 마흔 해 가까이 그렇게 살아왔다. 농촌이 걱정되고 농민이 안쓰러운 것은 텔레비전 뉴스 시간, 그때 잠깐뿐이었다. 하지만 이젠 아니다. 아침저녁으로 뉴스에서 제일 먼저 확인하게 되는 것이 날씨 안부이고 게다가 이번처럼 다른 지역 농촌의 자연 재해까지 마치 내 일처럼 가슴이 벌렁벌렁해지는 것을 보면 나도 어느 새 이 땅의 농민 사정을 누구보다 잘 아는 '동무 과부' 가 다 된 셈이다.

비단 나뿐 아니다. 내 친구들은 우리가 제주도로 이사온 뒤부터는 날씨 예보를 보거나 들을 때 자기가 살고 있는 지역보다 제주도에 더 먼저 신경이 쓰인단다. 지금까지는 제주도라는 '관광지' 에 눈이 오거나 말거나 비가 오거니 말거나 태풍이 불거나 말거나였는데 우리가 이곳에서 농사를 짓게 되자 제주도 '농촌에 별일은 없나' 하고 생각이 바뀌더란 얘기다. 심지어 어떤 친구는 신문을 읽을 때에도 제주 지역 뉴스를 꼼꼼히 챙겨 읽게 되었다고 한다. 비가 온다면 전화를 걸어서 비설거지 잘 하라고 걱정해주고 바람이 세게 분다면 비닐 하우스 단속 잘 하라고 걱정 해주니 이들이야말로 '동무 과부' 노릇을 톡톡히 해내고 있는 것이다.

지난 해 우리 감귤을 사먹었던 친구들은 하나같이 '눈물이 앞을 가려 먹을 수가 없다.' 고 전해왔다. 그 비 맞으며, 그 눈 맞으며, 그 바람 맞으며 애타게 길러냈을 우리 부부 모습이 떠올라 목이 메이더란다. 모름지기 '동무 과부' 란 이래야 하지 않을까. 내 일은 아니지만 내

일처럼 느껴지고, 나와 직접 연관은 없지만 마음이 쓰이고, 결과물만 보는 게 아니라 그것이 나오기까지 과정까지를 읽을 줄 아는 그런 사람. 비록 몸은 도시에 있지만 마음은 농촌을 향해 열려 있는 '동무 과부' 들이 있는 한 농부의 길도 외롭지만은 않다.

해거름 고샅 풍경

며칠 전 저녁 때가 다 되어 이웃 마을에 갈 일이 생겼다. 마을로 접어드니 아주머니 한 두 분이 신작로에 나와 계시는 것이 보였다. 들어갈 때는 무심코 지나쳤는데 나오면서 보니 그 사이 열 분도 넘는 아주머니 '부대'가 한가하기 짝이 없는 신작로 한 자락을 '점거'하고 있었다. 처음엔 무슨 일이 났는가 싶었는데 서로 등짝을 두들기며 웃고 떠드는 모습이 일찌감치 저녁을 먹고 나선 마실이라는 걸 금세 알 수 있었다.

어제도 해거름에 면소재지에 나갈 일이 있어 바삐 차를 몰고 그 마을을 지나치는데 이번엔 얼핏 봐도 스무 명이 넘는 아주머니들이 죄다 신작로에 나와 있는 것이었다. 게릴라성 호우가 몇 차례 훑고 지나간 뒤의 청량한 공기가 퍼지는 저녁답, 신작로변에 일렬로 앉아 큰 소리로 죽을 맞춰 떠들고 웃는 그분네들 모습은 참으로 보기 좋았다.

아침에는 제법 해가 비쳤으니 일찍부터 밭으로 과수원으로 일들을 나갔으리라. 그러다가 한 차례 비가 쏟아지니 비를 피해 한바탕 웃음꽃을 피웠겠지. 세찬 빗줄기가 걷히고 맞아도 될 만한 부슬비로 바뀌자 다시 일을 시작했을 게다. 한 번만 더 비가 쏟아지면 오늘 일은 끝내자고 눈이라도 찡긋 했을 지도 모를 일이다. 약속이나 한 것처럼 얼마 지나지 않아 폭우가 세차게 쏟아지고 그 속을 뚫고 집으로 돌아왔겠지. 흙과 빗물과 땀으로 짓뭉개진 일복을 헹궈 널고 아침에 몸뚱이만 빠져나간 집안을 대강 치우고 냉장고를 뒤져 지난번 아방이 낚시해 온 고기를 두어 마리 찾아내 맛나게 지져서 저녁상을 물렸으리라. 텔레비전 소리 벅벅거리는 좁아터진 방구석보다는 내 땅은 아닐지라도 넓게 트인 신작로가 동네 마실로는 최상의 장소일 터. 이 집 저 집에서 또래들이 모여들고 누군가 낮에 끊어졌던 이야기꽃을 이어놓기만 하면 그 다음부터 연신 터지는 웃음소리.

하루 종일 집안에서 퍼져 핑핑 놀았던들 그 대화에 끼기나 할 것인가. 너나 없이 바쁘기만 한 노동의 계절인 여름의 한복판, 해거름 신작로에서 그네들의 수고로운 하루가 그렇게 아름답게 마무리되고 있었던 것이다.

나는 어린 시절을 도시에서 보냈지만 이런 풍경이 결코 낯설지 않다. 아직 해가 완전히 지기 전, 시원한 샘물을 길어 만든 오이 냉국으로 저녁을 물리고 날 때쯤 맞은편 언덕배기에서 '아, 아, 마이크 실험 중입니다.' 하는 소리가 삑삑거리는 잡음과 함께 들려오면 아이고 어른이고 할 것 없이 마실을 나섰다. 아마 상술에 밝은 상인이 벌여놓은 자리였겠지만 알루미늄 냄비나 플라스틱 바가지 등을 상품으로 내건 노래자랑은 그 시절 황홀하기만 한 해거름 마실 풍경이었다. 굳이 언덕배기까지 가지 않아도 확성기를 타고 동네에 울려 퍼지던 이미자의 '동백아가씨' 나 '황혼의 블루스' , 남진의 '님과 함께' 같은 노래는 어린 마음을 온통 뒤흔들어놓기에 충분했다.

요즘 그런 노래 자랑이 열린다면 죄다 아이들이 무대를 차지하고 알아듣지도 못할 요새 노래를 불러대지나 않을까. 지금이야 냄비가 귀하기를 할까 바가지가 귀하기나 할까. 노래만 해도 여기저기 깔린 것이 노래방이니 마이크 잡는 일이 소중한 추억으로 남을 일도 없질 않은가.

그보다는 청량한 저녁 공기에 몸을 맡기고 이웃들에게 속내를 털어놓는 해거름 고샅의 수다 잔치가 훨씬 그럴 듯해 보인다. 내일 누구네 밭에 같이 일하러 가자는 이야기까지 이어질 것이 분명하니 빠진 사람만 손해 보는 동네 마실일 터.

한여름 밤의 꿈

보통 때도 드나드는 손님이 만만치 않아 동네에서 '하숙집' 으로 불리는 우리 집이 드디어 제철을 만났다. 방학 첫 주에 시작된 손님맞이가 끝나려면 앞으로도 3주는 더 남은 성싶다. 말이 하숙집이지 집이 비좁은 탓에 오는 손님들이 다 묵어갈 수도 없다. 그러니 숙소를 따로 구하고 가끔은 하루 종일 때로는 저녁시간에만 만나는 '속 빈' 손님맞이나 다름없다.

우리가 해줄 수 있는 대접은 잔디마당에 화덕을 놓고 빙 둘러앉아 돼지 목살을 구워먹으며 술잔과 함께 그 동안 쌓인 회포를 나누는 일이 전부다. 서로 살아가는 이야기들을 나누다가 깊어지는 밤하늘 가득 수놓인 별자리에 눈을 맞추며 그 옛날 시골 외가에서 만났던 은하수며 북두칠성을 찾으려 들다보면 마흔 고개 나이를 잊는 건 순식간이다. 그들이 얻어 가는 것이라면 제주 시골살이의 소박하고 차분한 즐거움이 아닐까. 그 대신 우리 또한 얻는 게 있으니 두고 온 도회의 일상에 대한 한 줌의 미련도 없음을 확인하는 순간의 뿌듯함이다.

물론 사정이 딱하게 돌아갈 때도 있다. 손님들의 일정이 겹치는 일이 그것이다. 직장에 매인 몸들이라 휴가 날짜 맞추는 일이 쉽지 않고 여간 부지런하지 않으면 비행기표 예약이 쉽지 않으니 어렵사리 맞춘 날짜가 다른 일행과 겹치게 될 땐 그야말로 우리는 비상이 걸리고 만다.

이사 온 첫해가 그랬다. 친정 식구들과 남편 친구 팀이 겹쳐서 우리는 낮에는 중문에서 지내고 밤에는 함덕에서 지내는 고역을 이틀이나 치러야 했다. 몸이 피곤해서 고역인 게 아니라 양쪽에 다 소홀해질 수밖에 없다는 마음의 짐이 여간 무거운 게 아니었다. 집이 조금이라도 더 넓거나 텃밭이 차지한 자리에 아예 조립식으로라도 집을 한 채 지어 오는 사람 죄다 다 묵어가게 하면 일정이 겹쳐도 탈이 없을 것을.

엊그제는 내 친구 네 가족이 한데 모였다. 박물관에 다니는 아직 싱글인 친구와 내 큰 아이와 동갑내기 딸을 데리고 온 친구는 재작년에 이어 두 번째로 이곳에서 휴가를 보내게 되었다. 여기에 우리 집엔 초행길인, 서울에서 한의원을 하고 있는 친구와 울산의 지자체 단체장을 맡고 있는 친구까지 만나고 보니 작은 동창회가 열린 듯 했다. 더욱이 울산의 친구는 사전에 약속도, 연락도 없이 우연히 만나게 된 거라 그 기쁨이 두 배였다.

딸린 아이들은 일찌감치 저녁을 먹여 친구네가 묵을 숙소에 들여보내 따로 놀게 하고 우리들은 한껏 '자유부인' 흉내를 내보기로 했다. 스무 살에 만나 학교 졸업, 결혼, 출산 등 인생의 소중한 길목마다 함께 해주었던 20년지기 친구들이 아닌가. 한 친구는 박사 학위를 받고도 자리가 없어 강사로 떠돌다가 지난해 국립박물관에 취직했으니 마흔 살의 사회초년병인 셈이고, 졸업 후 미국에서 전공을 바꿔 석사를 마치고 돌아왔으나 그에 걸맞는 일자리를 찾지 못한 채 지금은 꽤 유명한 과외교사가 된 한 친구는 다시 교사임용고사에 도전하는 중이니

서귀포

하고 싶은 말이 좀 많겠는가. 정말 좋은 의사가 되고 싶다고 고민하는 친구나 제대로 된 지방자치를 실현해보고 싶다는 친구들을 보며 나는 참말 행복했다. 내가 여기에 살지 않았던들 이 친구들이 어디에서 이처럼 우연히 만나 속내를 드러내 보이며 온밤을 지새울 것인가.

관광을 목적으로 온 게 아니라 순전히 농사짓고 사는 나를 만나러 온 친구들, 앞으로 20년이 더 흐른다 해도 우리의 우정과 애정과 수다는 변함없으리라. 자리가 파할 무렵 우리는 모두 제각기 서 있는 자리에서 열정적으로 살자고 입을 모았고 우리의 선배격인 남편은 그러는 우리에게 한마디 주문했다. 서로에게 아무 것도 요구를 하지 말자고, 대신 믿음으로 살아가는 모습을 지켜주자고.

이 황홀한 한여름 밤의 꿈이 있기에 우리 모두 내년 여름까지 무던히 살아갈 수 있지 않을까.

향수와 갈옷

말복이 지나고서야 겨우 감물을 들일 수 있었다. 지난해 같으면 지금쯤 거의 완성된 갈중이가 텃밭 빨랫줄에 휘날리고 있었을 것을 올해는 여러 가지 사정이 여의치 않아 시기가 많이 늦어졌다. 마음먹고 감물을 들일라치면 손님이 닥치고, 손님맞이가 뜸한 때는 비날씨가 계속되어 시기를 맞추기 어려웠던 탓이다. 재작년 이곳에 오자마자 장만했던 남편의 갈중이 작업복 몇 벌은 이미 너덜너덜 해졌고 아직 입을 만한 것들도 까맣게 변색되었으니 오다가다 이웃집 마당에 널린 첫물 날린 갈옷만 봐도 괜한 시샘이 날 지경이었다.

아무리 땀이 나도 몸에 들어 붙거나 휘감기지 않는 갈중이 작업복에 맛들인 사람은 다른 작업복을 입을 수 없다. 바람이 잘 통해 시원하고 빨아도 쉬 마르니 그것만큼 빼어난 일복의 미덕도 드물 것이다. 단점이 하나 있다면 땀에 찌들거나 보통 빨래비누로 빨면 죽은 핏빛으로 변색하다는 것 정도. 이웃들은 문방구에서 황토색 물감을 사다가 미리 옷감에 풀어 푹푹 삶은 뒤 감물을 들이면 변색되지 않는다고 충고했지만 솔깃한 제안은 아니었다. 옷 주인의 온몸에서 흘러나온 땀을 혼자서 다 뒤집어쓰니 자기 색깔이 죽어 가는 것은 당연한 일 아닌가. 땀에 절고 화학비누에 범벅이 되어도 변하지 않는다면 그것은 살아있는 옷감이 아닐 터.

내가 갈옷을 좋아하는 까닭은 오히려 조건의 변화에 확실하게 반응을 보일 줄 아는 갈옷의 그러한 성깔(?)에 있다. 더욱이 적당한 노동으로 단련되어 다시 태어난 흙빛이야말로 작업복에 제격이지 싶다.

서너 시간 꼬박 땀범벅이 되어 염색을 끝내고 마당에 얼키설키 줄을 매어 옷감이며 옷가지를 널고 나니 1년 농사를 다 지어놓은 듯 가슴이 넉넉해져왔다. 물들이기만 내가 했을 뿐 특유의 색깔을 농익게 해주는 것은 오로지 햇살과 바람과 이슬의 몫이다. 그저 나는 앞으로 며칠 동안 충분히 물에 헹궈 널고 하늘 눈치보며 빗방울 떨어지기 전에 거둬들이느라 바깥 외출을 자제하면 되리라.

그러고 보니 감물을 들이는 일도 순전히 나 혼자서 한 일이 아닌 성싶다. 풋감*은 창건 씨네 밭에 열린 것이고, 남편은 감을 따다주었고, 천근 씨는 마당에 줄을 매고 빨래집게를 사다주었으며, 종석 씨는 녹즙기를 가져와 서툰 나 대신 손수 감을 갈아주었던 것이다. 그 뿐이랴. 옷감들은 대부분 양쪽 어머니의 장롱 속에서 나왔고 앞으로 우리 집 세 남자의 여름철 일상복과 작업복으로 긴요하게 쓰일 와이셔츠들은 형제들이 보내준 것이다. 그 중에는 친정 아버지가 돌아가시기 전 중국 여행길에서 사오신 중국 모시도 있고, 십 수년 전 시집 어른들께 폐백을 올릴 때 어른들이 던져주시던 대추며 밤을 덥썩 받았던 절 보자기도 있다.

무엇보다도 얼마 전 작은오빠로부터 날아 온 소포는 얼마나 상쾌한 충격을 안겨 주었던가. 차곡차곡 개켜진, 안 입는 와이셔츠 사이에

* 풋감 : 떫은 맛이 강한 제주 토종감. 500원짜리 동전 크기일 때 감물이 가장 진하고 곱게 든다.

화려하다싶은 앙증맞은 상자 하나와 쪽지가 들어 있었다. 그것은 놀랍게도 향수였다.

'여자로서 가끔은 향수 냄새도 풍겼으면 해서 보낸다.' 는 작은오빠의 쪽지. 서랍 한구석에 모셔둘 게 뻔한 향수였지만 막내 누이가 그날 얼마나 즐거운 마음의 호사를 누렸는지 오빠는 알기나 할까.

그래, 이번에 물들인 옷감으로 내 옷을 한 벌 지어 입을까. 그 갈옷을 입고 향수 한 방울 톡 묻히고 내년 여름에는 친정 나들이 한 번 해볼까나.

엄마는 외계인

드디어 아이들이 개학을 했다. '드디어' 라고 쓰는 이유는 순전히 우리 작은놈 때문이다. 내 어린 날에 비추어 보면 하루하루가 황금 같던 여름방학 내내 작은놈은 '심심하다' 는 말을 입에 달고 살았다. 하루에 한 두 시간 정도 컴퓨터 게임과 인터넷 사냥을 즐기도록 허락해 주었건만 작은놈의 하루는 길고도 지루한 모양이었다. 더욱이 중학생인 형의 방학이 자기보다 1주일 정도 먼저 끝나자 작은놈의 '심심증' 은 심각해졌다.

밖에서 놀고 싶어도 누구는 학원에 갔고, 누구는 태권도 도장에 갔고, 누구는 어디 갔는지 불러도 대답이 없고, 누구는 컴퓨터 게임에 빠졌는지 나와서 놀 생각을 않는다니 옆에서 지켜보기가 딱하기 그지없었다. 그래, 지금이 어느 시기인가. 책가방 들 나이만 되면 학원에 가야 하는 세상, 집집마다 인터넷 전용선이 깔려 집밖에서 땀을 흘리며 놀 겨를이 없는 21세기가 아닌가.

아이를 컴퓨터의 노예(?)로 만들거나 이 학원 저 학원으로 돌리든가 하지 않고서는 아이의 '심심한' 방학에 도저히 간을 맞출 수 없는 지경에 이르렀을 즈음 개학을 했다. 개학 첫날 작은놈은 입이 함지박처럼 벌어져 형보다 빨리 채비를 하고 집을 나섰다.

영락없이 몇 년 전 과천에서의 '악몽'이 그대로 되살아난 느낌이다. 그때도 우리 아이들은 집안 퉁수였다. 아니 집안 퉁수일 수밖에 없었다. 학교가 파하면 대부분의 아이들이 속셈 학원으로, 피아노 학원으로, 수영장으로, 태권도장으로, 영어학원으로 분주하게 발길을 옮기는 탓에 우리 아이들은 같이 놀 친구가 없었던 것이다. 그래도 쓸데없이 돈 들여가며 싫다는 아이를 습관적, 맹목적으로 학원에 보내기는 싫어 1주일에 두어 번 방과후 학교에 보내는 것으로 그쳤으니 나는 확실히 '외계인' 엄마이거나 '원시인' 엄마가 분명했다. 그 흔한 영어학원 한번 보내지 않았으니 말해 무엇하리요.

'한국인표 교육열'은 시골이라고 해서 비켜갈 수는 없는 모양이다. 이곳에도 방학이면 도시의 경쟁자들의 존재를 느끼고 오라고 제주시에 있는 친척집에 보내 학원을 다니게 하는 집이 적지 않다. 그런가 하면 제주시에 사는 소수의 가정에서는 서울에서 독선생을 불러 숙식을 제공해가며 과외를 받게 하기도 한단다. 물론 서울 등의 대도시에 있는 친척집으로 보내 학원을 다니게 함으로써 경쟁력을 갖추게 하는 경우도 많단다.

그래도 나는 아직은 '외계인' 엄마, '원시인' 부모이기를 원한다. 학교가 끝난 뒤의 그 나른한 시간을 또 학원에 저당 잡힌 대가로 남들보다 진도를 앞서가기보다 학교에서 배운 것만 착실히 복습해서 그때 알아야 할 것만 알아도 충분하다는 고지식한 믿음을 저버리고 싶지 않다.

학교가 끝난 뒤 피곤해 죽겠다며 맛있는 것 달라고 엄살에 애교를 섞은 표정으로 집에 들어서는 아이, 후다닥 숙제를 마치고 세상에서 가장 편한 자세로 드러누워 책을 읽는 아이의 모습은 얼마나 사랑스러운가. 가끔 게으름을 피우다가 밤늦게까지 할 일을 마치지 못해 그렁그렁 눈물을 달고서 발을 동동 구르는 아이의 애처로운 모습마저도 사랑스럽다. 이처럼 사랑스러운 아이들의 모습을 발견할 수 있는 그 소중한 시간을 '고득점' 이라는 망령에 빼앗기고 싶지 않으니 나는 정말 이지 못 말리는 '외계인' 엄마이다.

깨 쏟아지는 소리

요즘 우리 집에선 날마다 깨 쏟아지는 소리가 들린다. 아직 신혼이냐고? 물론 신혼은 아니지만 깨 쏟아지는 소리가 진동하는 건 사실이다. 사람들은 대부분 신혼부부나 뭔가 좋은 일이 있는 이들에게 부러움을 담아 '깨가 쏟아진다'는 표현을 한다. 그런데 그렇게 말하는 사람 중 몇 사람이나 정말 깨 쏟아지는 소리를 들어봤을까?

정말이지 깨 쏟아지는 소리를 진짜로 들어보지 못한 사람은 그 소리가 얼마나 가냘프면서도 풍성하고, 얼마나 아무 것 아닌 것 같으면서도 사람의 마음을 끄는지, 얼마나 작으면서도 한줄기 소나기처럼 사람의 가슴을 적셔주는지 모를 것이다.

나도 그랬다. 지난해 연습삼아 깨 농사를 지어보았다고는 하지만 하루하루 깻단 손질에 열심이지는 않아서 잘 몰랐다가 올해야 깨 쏟아지는 소리의 묘미에 새삼 빠져들게 되었으니 말이다.

대충 1천2백 평정도 되는 땅에 심은 깨를 거두어들이기 시작한 것이 8월 말에서 9월 초. 처음엔 그 땅에 감자를 심을 요량으로 한꺼번에 모조리 베어버릴 생각이었으나 아직 꽃이 떨어지지 않은 게 꽤 되는 바람에 3분의2 정도만 베어내고 나머지는 더 햇살과 바람과 이슬의 품에 맡겨두기로 했다. 비닐 하우스 안에 넓게 비닐을 깔고 베어온

깨를 단으로 묶는 일은 간단치 않았다. 보통 내 키보다 높게 자란 것들을 한 줌씩 쥐고 억새로 묶자니 요령 모르는 임자를 비웃기라도 하듯 매듭이 금세 풀리고 손가락은 쥐가 났다. 그나마 남이 보아 웃지 않을 정도로 묶게 된 것은 이웃들이 와서 매듭 묶는 비법을 전수해준 덕분이었다.

그러다가 지난 주, 보기에도 제법 바싹 마른 것들이 많이 눈에 띄길래 털기를 시작했다. 밤송이 아람 벌어지듯, 제비새끼 모이 기다리듯 뾰족 입을 연 씨방 속에 토실토실 여문 깨들이 차곡차곡 들어있는 모습이란. 이리저리 옮기다가 그 아까운 깨가 한 톨이라도 허투루 버려질까봐 얼마나 조심을 했는지 마치 갓난아기 다루는 심정이었다.

바싹 마른 깻단을 거꾸로 들고 대나무 회초리(?)로 한 대 내려칠라치면 기다렸다는 듯 쇄쇄쇄 깨 쏟아지는 소리. 잘 마른 깻잎 위로 떨어지는 그 소리는 마치 양철 지붕 위에 막 쏟아지기 시작한 싸래기눈 소리를 닮았다. 물기를 머금지 않아 좁쌀 같은 모양이 그대로 살아있는 싸래기눈은 그렇게 싸락싸락 쇄쇄쇄 쏟아지다가 이내 내리는 두터운 눈발에 묻혀 소리를 잃어갔지만 깨는 어디에도 그 소리를 묻을 데가 없어 마냥 쏟아지는 소리를 내지른다.

왜 하필 깨 쏟아지는 소리였을까? 소리로만 치자면 싸래기눈 쏟아지는 소리라 해도 틀리지 않을 것을. 아마도 눈은 녹아 사라지지만 깨는 음식 장만 요소요소에 없어서는 안 될, 귀중한 곡식이었기에 행복의 절정을 맞은 이들에게 깨가 쏟아진다고 덕담들을 했으리라. 깻잎 부스러기가 산더미 같아도 헤집고 불려보면 한 되나 될까말까 한 그 아깝고 귀한 깨로 짠 참기름은 더 말해 무엇할까. 그 옛날 심하게 감기

서귀포
이왈종

나 들어 입맛을 잃어야 참기름 두어 방울 넣고 밥을 비벼주던 어머니의 손맛이 불현듯 그리워진다. 지금이야 음식 본연의 맛이 사라질 정도로, 없는 손맛을 감추어주는 비법이라도 되는 양 흠뻑 넣고 보는 게 참기름이지만 옛날 우리 집 찬장엔 마개를 몇 겹으로 꼭 싼 소주병에 담긴 참기름 병 하나가 고작이었다. 콩나물 무침에, 시금치 나물에, 냉이 된장 무침에, 잔파를 쏭쏭 썰어 넣은 양념장에 맨 마지막 순서로 한 방울 톡 떨구어지던 그 참기름의 향내가 코를 스친다. 깨 쏟아지는 소리가 왜 행복의 단내와 동의어로 쓰이는지 알고도 남겠다.

고향에서 부쳐온 만월(滿月)

이틀동안 오전 내내 하우스에 나가 참깨를 털고 감자 파종 준비를 하느라고 집을 비웠더니 택배업체 직원이 집 앞 슈퍼에 물건을 맡겨놓았던 모양이었다. 누가 보낸 것일까, 고개를 갸웃거리며 늦은 밤 슈퍼에 가보니 낯익은 나주 배 상자 하나가 나를 기다리고 있었다. 지난 설날 받았던 것과 똑같은 나주 배 상자를 본 순간 나는 정말 명절이 코앞에 닥쳤음을 깨달았다. 보내는 사람은 여지없이 내 고향에 계시는 손 박사님.

우리가 이곳에 내려와 감귤 농사라는 것을 시작하여 처음으로 수확한 감귤 한 상자를 손 박사님께 부쳤을 때 박사님은 너무도 아까워 차마 그 감귤을 먹을 수가 없노라고 전화를 하셨다. 그것도 진하디진한 전라도 사투리로.

'조 선생. 나 참말로 그 감귤을 먹을 수가 없네이. 가슴이 짠해서 먹을 수가 없단 말이시. 선생 부부가 어떻게 그 감귤을 키웠을까 나 안 봐도 다 알어. 이 다음부턴 부치지 말어, 제발.'

그러시더니 감귤 천지에서 사는 우리니 고향의 배 맛이 그리울 거라며 명절 때만 되면 갓난아이 머리통만 한 배가 그득 담긴 상자를 택배로 부쳐주시는 것이었다.

나도 그 배를 먹을 때마다 눈물이 고여 단맛을 느낄 수 없다는 것을 박사님은 아실까. 여든이 넘으신 분이 손수 과일 가게에 나가 제일 좋은 것으로 고르고 골라 돋보기를 꺼내 내 주소를 적어 보내셨을 그 것을 어찌 눈물 없이 단맛으로만 먹을 수 있으리요.

내가 고향의 한 신문사에서 기자로 일하고 있을 때 알게 된 그 분은 그 지역에서는 두루 알려진 소아과 의사요, 수많은 제자를 길러낸 노교수요, 쫀득쫀득한 수필 맛을 제대로 살릴 줄 아는 문필가이시다. 한때 대학병원의 원장을 지내셨는데 어린이 환자가 오면 어찌나 오래 진찰하고 얼마나 무섭게 그 어머니의 잘못된 육아습관과 자세를 가르치던지 병원 수입이 뚝 떨어졌다는 이야기가 나올 정도로 대쪽같으면서도 인간적인, 타고난 의사이시다. 춥게 ,약과 의사를 멀리하고, 반드시 젖을 먹여 키우고 자연치유력을 신뢰하라는 것이 그 분의 지론이다. 2년 가까이 1주일에 한번씩 그 분을 뵙고 육아상식이라는 코너를 만들었는데 그러는 사이 나는 그 분의 확실한 팬이 되고 말았다. 영혼은 한없이 자유롭고 순진하며, 몸은 가볍고 맑으며, 가슴은 식을 줄 모르는 열정으로 타오르는 그 분의 삶은 늘 치열하면서도 늘 낙천적이었고 그래서 더욱 아름다웠다.

게다가 한 달여 일찍 태어난 내 작은놈의 생명의 은인이기도 하니 나와 손 박사님과의 인연은 보통의 것이 아닌 것만은 틀림없다. 생리적인 신생아 황달이려니 쉽게 생각했던 작은놈의 증상은 의외로 심각한 상태였고 때마침 손 박사님의 제자분들이 손을 써준 덕분으로 되살아난 것이나 다름없지 않았던가.

지난해 제주도에 이질이 발생했다는 뉴스가 나가자 주기적으로 전화를 하셔서 아이들 건강을 일일이 챙겨주시기도 했으니 우리 가족, 특히 내 아이들의 건강의 수호천사에 다름 아니다. 그 뿐인가. 서점이 없는 시골에 산다는 말에 서점에 나가시면 아예 우리 몫의 책을 따로 사서 부쳐주시니 우리 부부의 영혼의 수호천사이기도 하다.

상자를 풀어 한 손에는 잡히지도 않을 만큼 커다란 배를 꺼내놓고 보니 그것은 영락없는 만월(滿月)의 모습이다. 손 박사님은 필시 내게 고향의 보름달을 부쳐주고 싶었으리라. 이번엔 내가 화답할 차례다.

'박사님. 보내주신 보름달, 징하게 맛나게 먹었습니다. 배의 속살은 꿀맛으로 삼키고 박사님의 속마음은 가슴패기에 보름달로 박아두었습니다.'

새벽 하늘 별 보기

내가 나이를 먹어 가는 속도만큼 아이들은 성장하고 성숙한다는 것을 절실하게 깨닫고 있는 요즘이다. 아이들 둘이서 다툴 때나 심통이 나서 잔심부름도 외면할 때는 저래서 언제 철드나 싶어도 어느 순간 찬찬히 뜯어보면 이것들이 이제 머잖아 내 품을 벗어날 준비를 하나씩 끝마쳐가고 있음을 알게 된다.

지난주에는 큰 아이가 다니는 중학교에서 학부모와 함께 하는 체육대회가 열렸다. 이 학교에서는 한 해는 학생들끼리 소체육대회를 열고 또 한 해는 학부모가 함께 참여하는 체육대회를 열어온 모양이다. 그런데 마침 우리 아이가 입학하던 작년에는 소체육대회가 열리는 해였기 때문에 학부모가 참여하는 대규모 체육대회는 큰 아이로서는 올해가 처음이자 마지막인 셈이었다.

게다가 개교 50주년이 겹치면서 행사 규모도 커지고 분위기는 한껏 달아올랐다. 행운권 추첨에서 1등을 먹으면 돼지 한 마리가 상품이라며 아이들은 잔뜩 기대에 부풀었다. 진짜 재미있는 것은 시골학교답게 출신학교별로 팀을 짠다는 것이었다.

전교생이 표선 관내 6개 마을 초등학교 졸업생들로 이루어졌으니 이는 자연스럽게 마을 대항 체육대회의 모습을 띨 수밖에 없어 학부모들도 종목마다 팀을 짜 적극적으로 참여하지 않으면 안되었다. 아이들은 체육대회가 열리기 며칠 전부터 마을회관에 모여 응원 연습을 한다, 소도구를 준비한다, 플래카드를 만든다, 경기 전략을 짠다, 연습을 한다 하면서 분주한 나날을 보냈다. 뭐 그리 준비할 게 많은지 토요일에는 밤이 늦도록 돌아올 줄을 몰랐다.

보통 다음날 새벽 3시가 넘어, 식구들이 모두 잠든 다음에야 큰 아이는 돌아와 잠깐 눈을 붙이고는 다시 모교에 모여 연습을 한다며 집을 나섰다. 평일에도 학교가 끝난 뒤 마을회관에 모이기를 몇 차례. 마을회관에서 모이니 별다른 걱정은 되지 않았지만 자정 무렵쯤이면 데리러 가 볼까도 싶은 마음이 드는 거였다. 달도 없는 밤, 아이들끼리 걸어온다고는 하지만 내가 모두 태워오면 어떨까 싶어 남편에게 말을 꺼내니 남편은 무슨 쓸데없는 소리냐고, 그게 다 과잉보호로 가는 지름길이라고 호통을 치고 나섰다. 생각해보니 그도 그런 것 같아 데리러 갈 생각은 접었지만 신경이 쓰여 밤새 외등을 밝혀두고 아이 오기만을 기다렸다.

새벽이 거의 다 되어서야 돌아온 아이에게 늦은 밤 달도 없는데다 곳곳에 무덤까지 있는 길을 걸어오자면 무섭지 않느냐고 물었다.

'무섭긴. 성수네 누나가 무섭다고 해서 내가 누나 집까지 데려다주고 왔는걸. 엄마, 새벽 3시에 하늘이 얼마나 멋있는지 모르지? 하늘에 송곳 하나 들어갈 틈 없이 별이 가득해. 정말이야, 언제 엄마도 한번 봐. 달 없는 새벽에, 꼭?'

겁에 질려 두 눈을 질끈 감고 숨이 턱에 차도록 뛰어올 줄 알았는데 녀석은 새벽 하늘을 힘껏 치켜보며 별을 세며 돌아온 게다. 모두 잠

서귀포

든 시간, 나 홀로 깨어 일어나 '송곳 하나 들어갈 틈 없이' 빼곡한 별들의 향연을 음미하는 그 기분은 얼마나 상큼했을꼬.

이 가을을 보내면서 아들 녀석은 엄마말고도 자기를 지켜봐 주는 또 다른 존재를 있음을 알았을 테고 나는 나말고도 아들을 지켜주는 커다란 존재가 있음을 알게 된 것이다.

'탱크' 같은 여자를 꿈꾸며

사실 나는 여자나 남자의 외모에 그다지 민감한 편이 아니다. 물론 내가 특출한 미모의 소유자가 아니라 일찌감치 그런 쪽의 관심을 차단하고 살기 때문이기도 하겠지만 나는 여자나 남자나 상대방에게 호감을 줄 수 있는 한 두 가지 장점만 있으면 충분하다고 생각해왔다.

한 술 더 떠서 나는 몸매가 늘씬하고 몸피가 가는 여자보다는 '탱크' 처럼 생긴 여자가 좋아 보인다. 가수 양희은의 지금의 모습이 참 보기 좋다면 내가 별난 취미를 가진 걸까. 아직 큰 아이가 어렸을 적, 포동포동 살이 오른 아기를 힘겹게 안고 다니면서 정말이지 어깨가 떡 벌어지고 살팍한 두 다리를 지닌 아기 엄마들이 부러웠다. 한 팔로 아기를 거뜬히 안아 한쪽 옆구리에 척 올려붙이고 씩씩하게 걸어가는 젊은 여자의 모습은 얼마나 믿음직스럽고 용감해 보이던가.

그러다가 농사를 짓기 시작하면서 아이 키울 때보다 더 '탱크' 같은 여자가 부러워지기 시작했다. 하루 종일 검질(김)을 매도 지치지 않는 여자, 액비 뿌리는 일쯤이야 남자 없어도 뚝딱 해치우는 여자. 가득 찬 감귤 컨테이너쯤이야 아무렇지도 않게 들어 옮길 수 있는 여자가 부러워 죽겠는 거다. 하루 일하고 나면 그 다음날은 맥을 못 추는 내 체력은 아무래도 체격이 받쳐주지 못해 그런 것 같아 어쩔 때는 속이

상하기도 했다. 특히 보통 남자만한 키에 어깨가 벌어진, 당당하기 이를 데 없이 생긴 이웃 마을의 찬이 엄마를 보면 기가 죽을 수밖에 없었다. 일을 얼마나 잘 하는지 남자일 여자 일 가리지 않는데다 아무리 힘든 일을 하고 난 뒷날도 엄살 한 번 피우지 않고 아침 일찍 밭에 나가는 그녀의 체력과 체격이 나는 늘 샘이 났다.

언젠가 내가 남편에게, 나는 다시 여자로 태어난다면 날씬하고 예쁜 여자보다는 '탱크' 같이 우람한 여자로 태어나고 싶다며 찬이 엄마가 부럽다고 했더니 남편은 뜻밖의 대답을 들려주었다. 자기도 정말 부러운 사람이 있다면서 이웃 마을의, 힘이 천하장사로 이름난 은주 아빠를 꼽는 거였다. 무거운 물건을 옮기거나 힘을 써야 할 일이 있으면 사람들이 으레 은주 아빠를 부르는데 어찌나 힘이 센지 저 정도면 농사짓는 데 얼마나 좋을까 싶어 부럽기 짝이 없단다. 이제 감귤 수확의 계절. 우리는 또 얼마나 탱크 같은 여자와 천하장사 남자를 부러워하며 이 계절을 보내야 하나.

지난 일요일에는 나무에서 충분히 완숙시킨다며 수확을 미뤄두었던 극조생 감귤을 느지막이 땄다. 두 사람의 일손을 빌려 따고 보니 컨테이너로 100개가 조금 넘었다. 따는 일만큼은 나도 이제 3년 경력에 빛나는지라 비교적 수월했지만 실어 나르는 게 문제였다. 극조생 감귤 밭엔 리어카가 들어올 수 없어 일일이 들어서 차 있는 곳까지 날라야 했다. 절반도 나르기 전에 날은 어두워졌고 뒤늦게 일손을 보태줄 고마운 구원병들이 나타나서야 일을 마칠 수 있었다. 20Kg이 조금 넘는 컨테이너를 두 팔로만 들어올릴 수 없어 허벅지에 대고 날랐더니 내 허벅지는 온통 시퍼런 멍투성이가 되어 버렸다. 이런 판국에 어찌 '탱크' 같은 여자가 부럽지 않을 수 있겠는가.

이제는 나보다 머리통 하나쯤 더 커있는 아들 녀석의 옆구리에 바싹 붙어 고목에 매미 붙듯 매달려 걸을 때만 빼놓고, 주문을 한번 외우고 한바퀴 빙 돌고 나면 '탱크' 같은 여자로 변신하는 마법은 없는 걸까 환상에 젖어보는 이즈음이다.

안개를 헤치고 온 사람

판로 개척이라는 중차대한 임무를 띠고 서울에 간 남편이 1주일 만에 돌아왔다. 애초에 1주일이나 걸릴 거라고는 생각도 안 했는데, 남편의 친구와 선후배들이 아는 대로 사람들을 애써 소개해 주는 덕분에 늦어진 것이었다. 남들은 감귤 따느라 바쁘기만 한 때에 그 아까운 1주일이라는 시간을 서울에서 보낸 것은 수확하는 일 못지 않게 판매가 절박한 우리의 과제이기 때문이었다.

남편이 오기로 한 날은 토요일. 그 날 아침부터 나는 과수원에 나가 혼자 감귤을 땄다. 잘 익은 것으로만 골라 따느라 시간은 많이 걸리고 능률은 오르지 않았다. 나무마다 일일이 하나씩 맛을 보고 따느라 그만 감귤로 배가 부를 지경이었다. 그렇게 해서 오후 5시 반까지 딴 것이 컨테이너 상자로 23개. 제대로 속도를 냈더라면 50개는 거뜬했으리라고 자위하며 집으로 돌아와 대강 씻고 아이들과 함께 공항으로 향했다.

이사오던 첫해 큰조카 결혼식에 참석하느라 서울에 다녀온 이래 3년 만에 뭍 나들이를 한 남편은 서울에서 머무르는 동안 내내 숨이 막혀 도저히 나다닐 수가 없다고 전화를 해댔다. 길이 막혀 전철이 아니면 약속시간을 맞출 수도 없고, 대낮에도 짙은 안개 속을 헤엄치듯

돌아다니다 보면 코로 숨을 쉬기가 거북해 머릿골이 띵하다는 하소연이었다.

불과 3년 전만 해도 바로 그곳에서 밥을 벌어먹고 살았건만 이제는 어쩌다 일이 있어 다니러가도 그 며칠을 견디기 어려운 모양이었다. 급기야 어느 날 밤에는 갑자기 자기 집 전화번호가 생각이 나질 않는다고 전화를 걸어왔다. 사람들을 만나고 집에 가보니 부모님이 주무시는지 문이 잠겨있는데 도무지 전화번호가 생각나지 않아 문밖에서 내게 전화를 한 것이었다. 아, 그렇게 그곳이 사람이 못 살 곳이었던가.

마침내 남편이 탄 비행기가 도착하고 얼마 후 짐을 가득 실은 카트를 밀고 남편이 나왔다. 아뿔싸. 그 얼굴은 1주일 전 이곳을 떠날 때의 얼굴이 아니었다. 얼굴 가득히 여드름이나 수포 비슷한 뾰루지가 돋아있었다. 마치 중병이나 앓고 있는 사람처럼 뾰루지가 온통 번진 얼굴을 하고서 나타난 남편은 '아, 이제 살 것 같다.' 고 몇 번씩이나 되뇌이는 것이었다.

서울에 도착한지 이틀만에 뾰루지가 돋기 시작하더니 날마다 몇 개씩 늘어가다가 마침내 얼굴 전체에 퍼지더란다. 6일을 머무르는 동안 4일을 안개 탓에 해를 보지 못했단다. 태어나기만 청평에서 태어났을 뿐 40이 넘도록 줄곧 서울에서만 살아온 사람이 3년 만에 이토록 온몸으로(?) 고향을 배반(?)하게 되다니! 그 동안의 힘든 육체 노동과 과음의 기회로부터 잠시나마 떠나 있을 수 있어 좋지 않았느냐고 넌지시 물었더니 차라리 일을 하는 게 낫겠다 싶었다는 게 남편의 대답이었다.

사실 어쩌면 남편을 숨쉬기 힘들게 만들었던 것은 미세한 먼지를 동반한 산성 안개 뿐만은 아니었으리라. 우리가 농사짓고 수확한 무농약 감귤의 판로를 스스로 개척해야 하는 일 또한 앞이 보이지 않는 안개 속을 헤치고 다니는 것과 다름없는 일 아닌가. 열심히 농사만 지어서 될 일이 아닌 게 우리네 농촌 현실인 것을.

우리는 앞으로 얼마나 오래 이 안개 속에서 유영해야 할 것인가.

12월, 이 여자가 사는 법

아침 5시 30분 눈 뜸. 자명종 벨도 끄지 않은 채 이불 속에서 뭉기적거리기를 10여 분. 결국 몸을 일으켜 세우고 정신을 가다듬음. 보일러 스위치를 올려놓음과 동시에 쇠심줄보다 더 질긴 아침잠에 빠져 있는 세 남자 깨우기 작전 돌입. 고양이 세수를 마친 다음 대강 아침 밥상을 차려놓고 작업복으로 갈아입음.

6시 10분. 구좌읍 평대리로 감귤을 따 줄 삼촌*들을 태우러 출발. 사방은 캄캄하고 거리는 인적 없음. 가시리를 지나 정석비행장 길로 접어들어 가속 페달을 밟음. 아무도 없는 아우토반, 계기판의 속도계 바늘은 시속 100킬로미터에 고정. 그러는 사이 구좌읍으로 들어서면 어둠 속에 드러나는 낮은 돌담들에 둘러싸인 밭 풍경에 잠시 마음이 느긋해짐. 멀리 바다도 보이는 듯 하고 가로등 아래 옹기종기 모여 앉아 모닥불을 지펴놓고 태우러 올 차를 기다리는 삼촌들을 스쳐지나가며 이만큼 살아있는 농촌의 풍경이 어디 있으랴, 살아있음의 아름다움에 대하여 잠시 생각.

6시 40분. 평대 도착. 다섯 분의 삼촌을 태우고 가던 길을 되돌아옴. 갈 때의 정적은 이미 깨지고 잘 알아들을 수 없는 제주 토속말들로

* 삼촌 : 제주도에서는 나이드신 어른들을 보통 삼촌이라 부른다.

차 안은 후끈.

7시 10분 과수원 도착. 남편이 피워놓은 모닥불에 둘러앉아 손발을 녹이는 동안 커피를 끓임. 커피를 안 드시는 삼촌을 위한 율무차도 한 잔.

7시 20분. 본격적으로 작업 개시. 손만큼이나 빠르고 부지런한 입담들로 과수원엔 지저귀는 수많은 새가 날아와 앉은 듯한 느낌. 따고 또 따고 나르고 또 나르고.

8시 50분. 아침 간식. 멸치 우린 물을 부은 잔치국수와 김치.

11시. 나르는 일을 뒤로 미루고 집으로 향함. 국 끓이고 고기 볶고 생선 굽는 사이 연거푸 울리는 전화벨. 정신없음.

12시. 과수원에서의 점심 식사.

오후 2시 집 도착. 저녁밥 솥에 안치고 두어 가지 반찬 만드는 동안 이어지는 감귤 주문 전화.

씻고 나서 신문 훑어보면서 잠시 휴식.

3시 30분. 제주시 출발.

4시 20분부터 7시까지 방송 준비와 생방송 진행.

저녁 8시 15분. 집 도착. 설거지와 아이들 숙제 챙기기, 간단한 청소.

사이사이 작은 놈의 볼멘 소리, '엄마, 어디 나가지 말고 집에만 있으면 안 돼?' 부지런히 손을 놀리면서 내 입에서 튀어나오는 대답, '안될 것 같아. 엄마 팔자가 그러니까.'

웬 팔자타령? 피식 터지는 웃음.

밤 10시. 다음 날 택배 보낼 발송장 정리. 200여 장의 발송장을 적

서귀포

다보면 어느새 오른쪽 손목은 시큰. 세 장 짜리 안내문을 스테플러로 찍은 뒤 편지봉투에 담고 선물로 준비한 작두콩도 개수에 맞춰 준비.

새벽 2시 30분. 작업 끝.

내일 비가 오면 쉴 수 있다는 유혹과 비가 오면 안 된다는 이성 사이에서 잠시 부질없는 갈등. 그래, 자자! 이건 도망갈 수 없는 내 팔자야!!

動 · 植 · 人 일체

'군사부일체' 에 빗댄 '두사부일체' 라는 제목의 영화도 나온 모양이다. 그러니까 속된 말로 두목과 스승과 부모의 은혜는 같다는 뜻일 터. 부지깽이도 일어나 춤출 만큼 번잡하고 바쁜 감귤 수확 철에 내가 자연으로부터 배우고 있는 것은 '動植人一體', 즉 동물이나 식물이나 인간은 한 가지라는 사실이다.

유난히 잦은 초겨울 비로 하루 감귤 따는 일을 쉬게 된 날 아침이었다. 농번기 방학을 맞은 큰 아이가 밖에 나갔다가 깜짝 놀라 큰 일 났다며 호들갑을 떨었다. 나가보니 어미 개 백송이가 부슬부슬 오는 비를 고스란히 맞으며 개집 옆에 가로누워 온몸을 사시나무 떨 듯 떨고 있는 게 아닌가. 네 다리는 모두 경직되어 움직이지도 못하고 두 눈만 끔벅거리며 경련하는 꼴이라니! 앞뒤 가릴 것 없이 우리 부부는 백송이를 차에 태우고 가축병원으로 내달렸다.

이른 아침 소란에 잠을 깬 가축병원 원장은 그때까지 경련이 풀리지 않은 백송이를 보자마자 대뜸 물었다. 새끼를 언제 낳았느냐, 지금도 젓 먹이느냐고. 산후 칼슘 부족증이라는 신단이었다. 그랬다. 지난 9월말 새끼 여섯 마리를 낳아 세 마리는 다른 집에 입양 보내고 지금은 나머지 새끼들과 같이 지내는데 요놈들이 사료를 먹으면서도 틈만

나면 어미젖을 물고 귀찮게 하는 것을 늘 보고도 무심히 지나쳐왔던 것이다. 백송이는 칼슘제와 칼슘흡수제를 동시에 주사 맞고 돌아왔다. 새끼들과 격리시켜 창고에 두고 사료며 국물을 충분히 먹였더니 세 시간만에 사지 마비가 풀리는 것이었다.

사람이야 아이를 가지면 칼슘 영양제를 사 먹는다 어쩐다 난리법석인데도 출산 후 백송이에게 단 한차례 뼷국을 한 솥 끓여준 것으로 끝냈으니 주인 잘못 만나 고생하는 것 같아 미안하기 그지없었다. 그때서야 산후에 다리가 마비되어 몇 달을 죽을 고생했다던 사람들 이야기가 떠올랐고 이내 사람이나 동물이나 다를 게 없구나 싶은 깨달음이 왔다.

그런가 하면 감귤을 따보면 이러한 깨달음이 더욱 절실해진다. 가지가 휘청거릴 정도로 많은 열매를 매달고 있는 나무를 보면 꼭 부양하기 어려울 만큼 많은 자식을 둔 부모를 보는 듯한 심정이 되는 것이다. 아래쪽에 달린 열매를 하나둘씩 따내면 그제야 '휴, 살았다.' 는 듯이 조금씩 가지가 들려 올려지는 모습에서 나는 자식을 하나둘씩 품안에서 내놓고 안도의 숨을 쉬는 연로한 부모의 모습을 본다.

나는 어느 가지에 매달렸던 어떤 열매였을까. 일본 식민지 시대에 태어나 한국전쟁을 치르고 보릿고개를 넘어 정신을 차리기 어려운 근대화시기를 온몸으로 맞서온 내 부모의 6남매 중 막내로 태어난 나는 어쩌면 가장 늦게까지 부모에게 자식 부양의 책임을 지게 했던, 가지 맨 끝에 혹처럼 매달려 무게중심을 잡기 어렵게 했던 열매는 아니었을까.

한 해 힘든 여정을 마무리하고 이제야 홀가분하고 단출한 모습으로 겨울햇살 아래 서있는 감귤나무와 시린 겨울밤 터진 문을 제 몸으로 가린 채 새끼들을 안쪽에 재우는 어미 개 백송이를 보면서 늘 '나는 찬밥이 좋다.' 고 우기시는 내 어머니를 떠올리는 건 지나친 억지일까. 어머니도 찬밥보다는 김이 설설 나는 뜨끈한 밥을 좋아하신다는 것을 내 나이 몇 살에 알아챘던고.

나는 이렇게 나이 마흔을 꼴딱 넘기고서야 사람이 되어 가는가 보다.

나를 행복하게 하는 것들

떠지지 않는 눈을 억지로 치떠가며 집을 나서면서 그 새파랗던 새벽은 어디 갔을까 문득 생각이 머물면 줄줄이 떠오르는 어릴 적 풍경들.

어느 해 대보름날이었을까. 어서 일어나라는 부모님의 성화에 못 이겨 이불 밖으로 눈만 빼꼼이 내밀었을 때 창호지 바른 문을 새파랗게 물들이고 있던 그 새벽 빛깔. 지금까지도 경이로움으로 남아있는, 그 시릴 듯 투명하고, 날이 선 듯 파랗던 새벽 빛깔. 지금이야 내 눈도 흐려지고 마음도 흐려졌으니 그 새파란 새벽 빛깔을 가슴에나 간직하고 살뿐이지만 그간 잊고 살던 내 내면의 풍경 속으로 들어갔다 나온 것만으로도 한없이 행복한 아침이다.

감귤을 따거나 고추를 따거나 뭔가 열매를 딸 때는 반드시 내 몸을 낮추어 나무를 우러러봐야 제대로 열매가 보인다는 사실은 거의 진리에 가깝다. 가지에 찔릴 만큼 깊숙이 나무 아래로 들어가 열매를 따다보면 무릎을 꿇는 일은 자연스럽다.

무릎을 꿇고 이 가지 저 가지 아래로 고개를 들이대며 감귤을 따노라면 자유자재로 움직이는 사지 육신을 지닌 것이 얼마나 고맙고 행복한 일인지 모른다. 로봇의 팔다리처럼 뻣뻣하지 않고 이리도 유연하게 구부러지는 팔다리가 있으니 못 할 일이 무엇일까. 새끼손가락이 기이하리만큼 짧은 것이 좀 신경이 쓰이지만 그거라도 없으면 가위질이며 무거운 짐 나르기가 더 어려워졌을 것이니 이 아니 고맙고 행복한 일인가.

땅바닥에 쭈그리고 앉거나 아예 주저앉아서 해야 하는 일을 만날 땐 내 작은 키가 오히려 고맙다. 검질(김)을 매고, 감자를 심고 캘 때 남보다 쉽게, 빨리 접혀지는 내 작은 몸뚱이는 정말이지 걸리적거릴 게 없다. 엉치 뼈가 좀 부실하여 장시간 쭈그려 앉았다가 일어설 때 균형 잡기가 어려운 게 좀 신경이 쓰이지만 이만큼이라도 일을 할 수 있으니 이 얼마나 고맙고 행복한 일인가.

힘겹게 일을 마치고 돌아온 저녁, 네 식구가 한데 누워 뒹굴고 있는 사이 키 낮은 돌집 슬레이트 지붕 위로 쏟아지는 겨울비. 후두둑후두둑 과장된 빗소리마저 정겨운 겨울밤, 이대로 며칠을 꼼짝없이 비에 갇힌다 해도 당장은 달콤하기만 한 시간이다. 네 식구의 시린 몸을 가려주고 눈비를 막아주는 낡은 돌집이 남부럽지 않은 성채 마냥 느껴지고 그르렁그르렁 돌아가는 보일러 기계음마저 풍요롭게 들리는 시간. 서늘하게 대지를 적셔주는 겨울비가 그저 고마울 뿐이다.

먼데서 들리는 개 짖는 소리. 도시에서라면 찹쌀떡, 메밀묵 장사의 외침이라도 들릴 시각, 시골에서 늦은 겨울밤의 정적을 깨는 건 오직 간간이 짖어대는 개 짖는 소리뿐. 그나마도 덩달아 짖는 동무가 없으면 제 풀에 꺽여 사그라들고 만다. 새삼 지킬 것은 없으되 그렇다고 지키지 않는 것도 아닌, 시골 개들의 야경 도는 소리를 잠자리에 누워 듣다보면 어릴 적 키웠던 '킹' 이 떠오른다. 대를 물려 우리 집에서 키웠던 '킹' 이라는 이름의 개들. 그 중의 한 마리 '킹' 은 이웃집 변소에 빠져 구사일생으로 살아난 덕분에 죽을 때까지 벗어날 길 없는 '똥개' 로 살아야 했다. 언제부터 '킹' 이 우리 집에서 사라졌더라?

늘 내 유년의 추억과 맞물려 돌아가는 농가의 하루는 이렇게 잠이 든다. 고맙기 짝이 없는, 행복한 하루가 말이다.

길 위에서 하는 생각

이곳에서 살게 되면서부터 운전은 더 이상 중노동도, 고역도 아니라는 사실을 알게 되었다. 대도시에서야 달리는 시간보다 길에 서 있는 시간이 많다보니 차를 가지고 어디를 가야 한다는 자체가 엄청난 스트레스가 아닐 수 없다. 매연이 심해 차창을 열어놓는 일도 탐탁하지 않고 보이는 것이라곤 즐비한 차량뿐이니 대도시에서의 운전은 그야말로 인내력 테스트와 다름없다.

하지만 이곳에서는 다르다. 길이 막힐 일도 없거니와 막힌대도 지루할 일이 없다. 날만 좋으면 한라산을 물끄러미 바라봐도 좋고 비라도 오는 날이면 길가 나무에 후두두 떨어지는 빗물을 느껴도 좋다. 서 있는 곳이 목장 가까이라면 실컷 말 구경을 하면 되고 고개를 들어 나무 한 그루 가득 시커멓게 내려앉은 까마귀 떼를 보는 일도 즐겁다.

무엇보다 늘 다른 풍경을 볼 수 있다는 것만큼 행복한 일은 없다. 봄이면 왕벚꽃나무와 싱싱하게 물 오른 삼나무가 보기 좋고 여름이면 지천에 푸르른 이름 모를 풀과 넝쿨과 나무가 다 좋다. 가을 풍경의 으뜸은 억새꽃이다. 남들은 억새꽃 잔치다 뭐다 해서 일부러 찾아다니기도 하는 모양이지만 억새꽃은 우리 집 올레만 벗어나면 사방 천지에 깔려있다. 멀리서 보면 분홍빛 같기도 하고 보랏빛 같기도 한 것이 하도 신기하고 예뻐서 가까이 다가가 보면 정말 분홍색과 보라색이 감도는 꽃술이 삘기 모양으로 피어있다. 찬바람이 불어와 꽃빛깔을 잃어도 억새는 억새다. 누워서 마구 뒹굴어도 될 것처럼 푸근하게 바람에 휘날리고 있는 억새를 보면서 나는 늘 있는 듯 없는 듯 생명을 이어가는, 보잘 것 없는 이 세상의 잡초에 마음을 빼앗기게 된다.

하지만 이처럼 변화무쌍하고 아름다운 눈요기를 놓치지 않으려면 길을 잘 골라서 운전을 해야 한다. 내가 살고 있는 마을에서 제주시에 이르는 길은 대여섯 가지. 청명한 가을에야 굳이 피해야 할 길은 없다. 가시리를 지나 정석비행장 길로 달리다가 교래 쪽으로 방향을 틀어 오일륙도로를 만나 제주시로 들어가는 길은 우선 평탄하지가 않아 재미있다. 정신을 똑바로 차리고 주의를 기울여야 하는 길이라는 뜻이다. 오일륙도로를 만나기 직전 2킬로미터쯤 이어지는 삼나무 길은 너무도 아름다워 온몸에 소름이 끼칠 정도다.

그러나 여름과 겨울에 선불리 이 길을 가려고 했다가는 큰 코를 다칠 수도 있다. 앞뒤를 분간할 수 없는 안개에 갇혀 머리카락이 쭈뼛서는 경험도 몇 번은 해봐야 삶과 죽음이 눈 한 번 깜박이는 것과 다르지 않다는 것을 깨달을 수 있다. 역시 겨울철에도 이 길은 잘 얼기 때문에 웬만한 월동장비와 더불어 든든한 배짱까지 갖춰야 지날 수 있는 길이다. 한겨울에 위험한 길은 또 있다. 동부 관광도로의 선흘 구간* 이다. 다른 곳은 눈이 다 녹아도 이곳은 훨씬 늦게 녹고 빨리 얼기 때문에 소심한 나는 번번이 이 길이 무서워 일주도로를 빙 돌아 집에 이르곤 한다. 일주도로를 빙 돌아 집에 오는 길, 먼 바다 위에 떠 있는 고

* 선흘 구간 : 동부관광도로(97번 도로)가 지나는 선흘리는 다른 곳보다 눈이 많고 도로가 쉽게 얼어 겨울철 운전시 주의를 기울여야 하는 곳이다.

짓배를 힐끔거리는 것으로 그 지루함을 달래기도 한다.

가보지 않은 길은 나를 시험에 들게 하겠지만 이내 익숙해져서 내게 세상 살아가는 슬기를 심어 주리라는 생각을 하는 것도 길 위에서이다.

수선화 앞에서

올 겨울은 내 일생에 가장 분주하고 힘겨운 나날의 연속이었지만 단 한 가지 어울리지 않은 호사를 넘치도록 할 수 있었으니 이 역시 오래 기억에 남을 일이다. 1주일에 겨우 한번 할까말까 청소마저 거르고 살면서도 늘 꽃병에 제주의 토종 수선화가 꽂혀있었으니 아무나 누릴 수 있는 호사겠는가. 내게 분에 넘치는 호사를 안겨 준 이는 바로 우리 집을 자주 찾는 영삼 씨였다.

겨울이 채 무르익기 전, 그이는 수선화 한 줌을 꺾어 쥐고 왔다.

'이거 형수한테 주는 선물이우다. 제주 토종 수선화마씀. 실은 가끔 형이랑 늦게까지 술 마실 때 화내지 말라고 뇌물로 주는 거우다'

선물인지 뇌물인지 미처 분간도 못하고 받아 쥔 수선화에서 풍기는 그 은은한 향기란. 꽃 복판의 샛노란 꽃술하며 그것을 빙 둘러 받치고 있는 연미색의 꽃 이파리 하며 어찌나 앙증맞고 예쁜지 한동안 넋을 잃을 정도였다. 하지만 정작 내 마음을 뒤흔들어 놓은 것은 그 꽃보다 꽃을 매달고 있는 두툼한 진초록의 꽃대였다. 어느 겨울 꽃이 저토록 당당한 진초록 빛깔을 띨 수 있단 말인가. 어른의 엄지손톱보다 살짝 더 큰 꽃을 매달고 있기에는 지나치다 싶을 정도로 실하기 짝이 없는 꽃대에서 풍기는 풋풋함이 너무도 마음에 들어 길이를 자르지 않고 길쭉하니 꽂아두고 보았다.

사실 제주 수선화와의 첫 대면은 99년 1월로 거슬러 올라간다. 이사를 앞두고 이 집을 보수하기에 앞서 집 구경을 왔을 때였다. 폐허처럼 버려진 집뜰 한 구석에 수선화 한 무더기가 피어있었던 것이다. 육지에서 보아오던 수선화보다 훨씬 연약하고 작은 것이 겨울 바람 속에서 한뎃잠을 자며 꽃을 피우고 있다는 사실이 믿어지지 않아 입이 떡 벌어졌던 기억이 아직도 살아있다.

얼마 뒤면 보수 공사로 온통 난장판이 되어버릴 앞마당에 그냥 두고 올라올 수 없어 남편과 나는 조심스럽게 수선화를 파서 텃밭자리에 옮겨 심어놓고 왔다. 하지만 그렇게 자리를 함부로 옮기는 일이 아니었는지 다음해에 옮겨 심은 자리엔 수선화가 피지 않았다.

그런데, 영삼 씨의 발걸음이 뜸해져서 꽃병의 수선화가 시들해지고 오로지 꽃대의 초록빛깔로 위안을 삼아갈 즈음, 우리 집 앞마당의 수선화가 살포시 꽃망울을 터뜨렸다. 칼바람 속에 피어있는 수선화를 보고 있자니 여학생 때 배웠던 가곡 〈수선화〉가 생각났다.

'그대는 차디찬 의지의 날개로……' 로 시작되는 김동명의 시였던가. 그때는 그 의미를 정확히 알 수 없었는데 이렇게 추운 겨울날 한없이 당당하게 꽃잎을 펼치고 있는 수선화, 그것은 정말 '차디찬 의지' 그 자체인 양 싶었다.

무릇 자태가 뛰어난 꽃은 향기가 약한 법. 그러나 자태와 향기가 더불어 사람의 마음을 휘어잡는 꽃이 바로 수선화이다. 한줌 꽂아둔 수선화의 향내가 독하거나 진하지 않아 온 집안에 퍼지지 못하고 꽃 주변에만 살아 떠다니다가 며칠 뒤면 향내가 사그라지는 것도 큰 매력이다.

꽃이 시들 때면 스스로 목숨을 끊듯 모가지가 뚝뚝 부러지고 마는 능소화도 내가 좋아하는 꽃이지만 꽃대에 매달린 채로, 아주 편한 잠을 자다 하늘로 돌아간 복인(福人)처럼 시든 듯 마는 듯 죽어 가는 수선화도 아름답기 그지없다.

올 겨울 황량하기 그지없던 내 일상에 가냘프지만 밝은 빛이 돼주었던 수선화, 난 어쩌면 이것이 있어 제주도의 겨울을 한층 더 사랑하게 될 것 같다.

흙에서 보물을 캐다

며칠 걸려 감자를 다 캤다. 농부의 길은 멀고도 험난해서 이번 겨울감자도 재미를 보지 못했다. 지난해 봄 감자 실패 이후 정말 자신이 있었건만 실패를 거듭하고 말았다. 다소 위안이 되는 거라면 지난해처럼 우리의 파종 방법에 문제가 있었던 게 아니라 12월 갑자기 닥친 추위에 냉해를 입은 것이라는 사실뿐. 초기에 발아율이 높은 것을 보고 이젠 됐구나 싶었는데 감귤 수확 때문에 짬을 내지 못해 이중 비닐을 치지 않은 게 치명타가 된 것이다.

며칠 더 두면 씨알이 굵어질까 싶어 날짜를 미루고 미루다가 본격적으로 캐기 시작한 것이 설 뒷날이었다. 감귤 수확 때 도와주셨던 이웃 마을 삼촌들께 부탁을 드리자 흔쾌히 와 주신 것까지는 좋았다.

하지만 우리 감자밭을 보시더니 한숨부터 내쉬며 고개를 내젓는 게 아닌가. 제초제 안한 밭에서 감자를 캐느니 차라리 하루 일당을 안 벌고 말겠다는 말씀이었다. 그제서야 감자 이파리는 온데간데없이 자욱하게 깔린 잡초가 내 눈에도 들어왔다.

남편이랑 쉬엄쉬엄 몇 이랑 캐놓은 상태였지만 단 한 순간도 '제초제를 뿌렸더라면 일이 한결 더 쉬울 걸' 하는 생각은 해본 적이 없었다. 그저 감자 캐고 풀 뽑으니 일석이조인 것만 같아 오히려 다행이다 싶었으니 내가 생각해도 그 무지(無知)가 민망할 따름이었다.

밭의 절반 이상을 차지한 유채는 껑충 키가 자라 꽃이 피기 시작했고 보랏빛이 먹음직스러운 갓 또한 유채와 키 자랑을 할 만큼 자라 있었다. 고랑에만 풀이 자란 게 아니라 이랑 한복판에도 수북히 자라 있으니 어느 장사가 풀 뽑아가며 감자를 캐려고 할 것인가. 삼촌들은 연신 손목을 주물러가며 일을 해주었지만 그것도 이틀로 끝이 났다. 귀에 딱지가 앉을 정도로 교육을 받았음은 물론이다.

'일찌감치 제초제 뿌려서 풀을 다 죽여놔사야 캐러 오주, 영허민(이러면) 같은 값에 낑깡(금귤) 따러가지 이 일 안 온다. 약 안 쓰는 것도 좋지만 영허민 너대로(너 스스로) 캐야 헌다'

하루 분량의 일이 남았건만 사람을 도통 구할 길이 없으니 삼촌들 말마따나 우리끼리 캐는 수밖에 없었다. 우리와 감자 농사를 같이 짓고 있는 천근 씨와 일을 도와주러 온 성철 씨 일손까지 보태어 풀섶을 헤치며 질기디 질긴 잡초들과 씨름하면서 감자를 캐다보니 호미를 쥔 손엔 물집이 잡히고 손목이 시큰해졌다. 우리 일을 마다한 삼촌들의 속내가 절로 이해됐다.

초짜 농부 넷이서 흙범벅이 된 채 자잘한 감자 틈바구니에서 허연 속살을 드러내고 있는 '특대' 감자나 잡초 사이에서 냉이며 쑥을 골라 캐낼 때마다 무슨 보물 다루듯 하며 히히덕거렸으니 우리는 순전히 그 맛에 일을 한 꼴이었다. 게다가 남은 이랑보다 지나온 이랑이 한결 더 많은 것은 얼마나 큰 위안이었던가.

얼굴도 모른 채 우리 감자를 주문한, 많은 소비자들에게 이처럼 겨우내 풀뿌리와 함께 강인한 생명력을 키워온 감자 맛을 보여줄 수 있다는 자랑 또한 버거운 육체노동을 이기게 해주는 힘인 것을, 이러한 깨달음이야말로 곧 흙에서 캐낸 보물이 아니겠는가.

그동안 그래왔던 것처럼, 어떻게 그 일을 해낼 수 있었을까 싶을 만큼 시간이 흐르고 나면 우리는 또 이렇게 흙바닥을 기어가며 감자를, '보물' 을 캐고 있을 것이 분명하다.

봄날은 간다

생전에 친정 아버지께서 즐겨 부르시던 노래 가운데 하나가 〈봄날은 간다〉였다. '연분홍 치마가 봄바람에 휘날리드라~ 알뜰한 그 맹세에 봄날은 간다~' 썩 잘 부르는 노래는 아니었지만 아버지 입술을 막 떠난 그 노래 가락과 노랫말은 늘 내 귓가에 착 감겨들었다.

그래서 어린 시절, 봄은 늘 바람과 짝을 이루어 연상되었고 그 색깔은 연분홍빛이었다. 연분홍 치마를 입었으니 그 위에는 연둣빛 저고리를 받쳐입은 새색시였을까. 무슨 사연이 깊어 성황당길 휘어드는 봄바람에 치맛자락을 내준 채 넋을 빼고 서 있었단 말인가. 무슨 마술에라도 걸린 듯, 이 노래를 연신 속으로 흥얼거리며 노랫말을 곱씹어본 건 이번이 처음이었다.

뿌연 봄바람이 미친 듯이 불던 지난 토요일, 감자를 또 심었다. 이번에도 역시 인부를 구할 수 없어 예정보다 시기가 늦어진 터였다. 며칠동안 공들인 덕분에 이장네 하우스 감귤을 매달던 인부 여섯 명을 고스란히 구해 1,300평 정도에 감자를 심을 수 있었다.

비닐 하우스가 설치된 곳은 심는 것으로 끝내고 노지에는 종자 심은 위에 비닐을 덧씌웠다. 지난 해 겨울 감자 파종 때에는 신문지를 일일이 덮고 그 위에 비닐 씌우는 작업을 우리끼리 했는데 이번에는 인부들이 비닐 씌우기까지 거들어준다고 해서 한결 마음이 놓였다.

폭이 1m 20cm정도 되는 비닐롤에 파이프를 끼우고 양끝에 밧줄을 묶어 한 사람이 목과 어깨에 지탱하며 비닐을 덮어 가면 다른 사람들은 양쪽에서 흙을 덮는 일이었다. 나이가 지긋한 어른 한 분이 '소'가 되겠노라고 자청하고 나섰다.

비닐롤이 감긴 밧줄을 끌고 비닐을 덮는 일이 바로 '소'가 쟁기질하는 일과 비슷하여 붙여진 말인 듯 싶었다. 보기에는 그다지 어려워 보이지 않는데도 한 도랑만 돌아오면 그 분은 거친 숨을 내쉬며 기진맥진하시는 것이었다. 내가 한번 해볼까 잠시 망설이고 있는데 이장 부인이, 농사를 지으려면 남 하는 일은 다 해봐야 한다며 내게 '소' 일을 해보라고 권했다. 흔쾌히 밧줄을 어깨에 감고 뒷걸음질을 치는데, 아뿔싸! 이건 아무나 하는 일이 아니었다. 세 개의 이랑이 다 덮일 수 있도록 맞춰가며 비닐을 덮어야 하니 뒷걸음질을 쳐야 하고 그러자니 발걸음은 더뎌지고 끌어야 하는 비닐 롤의 무게는 내가 감당하기에 결코 만만치 않았다.

미친 듯이 불어대는 봄바람 흙바람 속에서 나는 한 마리 소가 되었다. 물론 그 어른과 교대로 했으니 내가 다 한 것은 아니었지만 콧구멍이 까맣게 되도록 흙먼지를 마시며 소가 되는 기분도 나쁘진 않았다.

힘든 일은 그만큼의 보람을 남기는 법. 팔다리는 이미 천근만근이 되었지만 입안에선 '~알뜰한 그 맹세에 봄날은 간나~'가 연신 흘러나오고 있었다. 노랫말의 주인공이야 '꽃이 피면 같이 웃고 꽃이 지면 같이 울던' 사랑하던 님의 '알뜰한 맹세'에 가슴이 멍들어 가는 봄날이 서러울 테지만 한 마리 소가 되어 봄날 감자를 심고 있는 내게야 아직 깨어지지 않은, 옹골진 수확을 기대하는 '알뜰한 맹세' 가 있으니 서러울 게 뭐란 말인가.

불현듯 내 가슴속을 후벼파듯 가득 채워지는, 아버지의 노래 가락. 아버지는 생전의 애창곡을 불혹의 나이를 훌쩍 넘겨버린 막내딸이 흙먼지를 뒤집어쓰며 생뚱맞게 희망 섞인 가슴으로 부르고 있는 것을 듣기나 하실까. 아, 이렇게 내 생의 봄날도 가고 있는 게다.

千日生話(천일생화)

얼마 전 나와는 평소 안면만 있을 뿐 개인적인 대화는 나눠본 적이 없는 어떤 분의 초대로 몇 사람이 어울려 저녁 식사를 하게 되었다. 나와 내 가족을 잘 모르는 사람들이라면 으레 그렇듯 그 분도 제주로 시집을 왔느냐, 적응에 어려움은 없느냐 꼬치꼬치 물어왔다.

지역의 터주대감이다시피 한 그분으로서야 지극히 자연스러운 호기심과 우려였다. 제주에 온 지 만 3년이 다 돼가는 터라 별 어려움은 없다고 답하자 그 분은 대뜸 내게 '천일야화'를 들려달라셨다. '천일야화'라는 표현이 다소 생뚱맞긴 했지만 그간 우리 가족이 살아온 이야기를 듣자는 말인 줄 모를 리 없는 내가 웃으며 대답했다.

'천일 동안 살아온 이야기(生話)라면 얼마든지 들려드릴 수 있겠지만 굳이 밤에 들으실 필요는 없을 것 같습니다.'

사람들은 박장대소하며 입도(入島) 천 날째 되는 날 축하연을 열자고 제안했다. 유아사망률이 높았던 그 옛날 아기가 태어나 무사히 백 날째를 맞게 된 것을 축하하며 백일잔치를 열었던 것처럼 험난한 타향살이를 천일 동안 잘 버텨온 우리를 축하하는 천일잔치를 열자는 것이었다.

한번도 생각해 본 적도, 계산조차 해 본 적도 없는 '천 날'이었다.

입으로는 늘 1년째, 2년째, 3년째 하면서도 단 한번도 그것을 날수로 환산해 본 적은 없었다. 그런데 사람 마음이라는 게 정말 이상한 것이어서 4년째 살고 있다고 하면 제법 오랜 시간이 흐른 것 같은데 천 몇 일 살았다고 생각하니 터무니없이 짧게만 느껴지는 것이었다.

언젠가 내 나이 스물 몇 살이었을 때, 갑자기 세상이 거대한 괴물로 생각되던 때가 있었다. 뭔가 가슴속에 무거운 돌덩이가 하나 가라앉은 듯 답답하고 팍팍하게만 느껴져서 내 앞에 놓인 그 많은 세월을 언제 다 지워나갈 수나 있으려나 싶은 때였다. 친구 누군가가 장난처럼 전화 다이얼을 돌리더니 내 귀에 들려주는데 놀랍게도 그때까지 내가 살아온 날이 8천일 조금 넘는다는 거였다.

지금도 그런 게 있는지 모르겠는데 생년월일을 입력하면 태어난지 며칠째 된다는 답변을 들려주는 자동응답전화 서비스였다. 세상을 너무 많이 살아버린 듯한 고약한 착각에 빠져있던 내게는 충격이 아닐 수 없었다. 고작 8천 몇 일을 살고 이렇게 주저앉아 있다니 하는 자각이 나를 추스르게 해주었음은 물론이다.

이곳에서 천 일을 사는 동안 남편은 40대 초반에서 40대 후반으로 달음박질하고 있고 나 또한 30대에서 40대로 세월의 강을 훌쩍 뛰어넘었다. 볼에 오동통한 젖살이 가시지 않았던 큰 아이는 이제 내년이면 고등학생이 되고 그저 책가방 들고 왔다갔다하는 재미에 학교엘 다니던 작은 아이도 내년이면 중학교 교복을 입는다.

변하고 나이를 먹는 것은 사람만이 아니어서 이사오면서 도배했던 벽지도 이제는 누리끼리 세월의 무게를 덧칠해가고 있는 중이고 이사오던 첫 해 내가 뚝딱뚝딱 만들었던 마당의 평상도 못질한 부위마다 헐거워지면서 삐드득거리고 있는 중이다.

아, 흐르는 것이 세월뿐이랴, 그렇게 우리들의 인생도 한데 어울려 흘러가는 것을. 이 다음에 다시 천 일이 흐른 뒤, 나는 또 어떤 '千日生話'를 내 비망록에 새기게 될 것인가.

축구와 밤일

남편은 마을 축구부원이다.

일요일 오후 너댓 시만 되면 마을 운동장에 축구를 하러 간다.

어느 날 보람 아방에게서 전화가 왔다. 이따 오후 2시에 축구시합이 있으니 빨리 나오란다. 남편이 볼 일이 있어 그 시간엔 제주시에 나가야 한다고 했더니 다짜고짜 하는 말이 참 우습다.

"밤일을 잘 하려면 축구를 열심히 해야 하는데 무슨 딴 볼일이냐?"

이 정도 농담에는 이미 익숙해진 터라 남의 밤일을 왜 걱정하느냐고, 밤일과 축구가 무슨 상관이냐고 물었더니 시골에서 사는 맛이 그것 밖에 더 있느냔다.

이럴 땐 시골에서 사는 맛이 왜 그것밖에 없느냐고 따져봐야 부질없다.

그의 나이 마흔 둘에 아이가 다섯이기 때문이다.

서귀포
오승종

난 아직 너무 젊었다

내가 참깨농사를 하겠다고 했을 때 이웃들은 이구동성으로 말렸다. 참깨농사 거들어 주러 시어머니나 친정어머니가 오시기로 했느냐고도 물었다. 그만큼 인내심과 시간이 필요하다는 것이다.

그것은 빈말이 아니었다.

잠깐 먹구름이라도 내비치면 서둘러 덮었다가 다시 말리기를 수십 차례.

세워놓은 깻단을 뒤집어서 말리기를 수십 차례.

대나무 막대기로 두드려 털기를 수십 차례.

빈 강정이를 바람에 불리기를 수십 차례.

선풍기 바람에 날티를 불리기를 수십 차례.

밤마다 벌레 똥 집어내고 부스러진 이파리 가려내기를 수십 차례.

아, 참깨 농사를 짓기에는 나는 아직 너무도 젊었다.

쪼그리고 앉을 때마다 아구구 소리가 절로 나는 걸 보니 내 인내심은 참깨 농사짓기에 턱없이 모자랐다.

아들이 부럽다

새벽 1시가 넘었다.

우리는 아직도 작업중이다.

내일 부쳐야 할 감귤 포장이 다 끝나지 않은 탓이다.

우리 부부와 같이 농사짓는 천근 씨, 여기에 일손을 보태주러 온 성철 씨까지 덤벼들었지만 5킬로그램 짜리 상자 백 오십 개 채우기가 이토록 힘이 든다.

상자를 만들고,

뚜껑을 만들고,

감귤을 고르고,

상자에 붓고,

저울에 달고,

뚜껑을 덮고,

투명 테이프로 뚜껑을 고정시키고,

생산자 스티커를 붙여,

내일 아침 택배 차가 실어가기 좋도록 창고 입구에 쌓아두는 일까지,

어느 것 하나 만만한 게 없다.

간간이 울리는 주머니 속의 휴대폰 벨 소리, 역시나 작은놈이다.

"엄마, 잠 안 자?"

"아직 멀었어."

"그럼 나 엄마 들어올 때까지 안 자도 돼?"

"아니, 자야 돼. 너라도."

저만 할 때는 잠도 없는 법, 아들의 나이가 부럽다.

일몰

오일륙도로로 접어드는 오르막길에서 덩치 큰 트럭이 쌩 앞질러 간다.

깜박이도 넣지 않고 위험한 곡예를 하는 그 차를 향해 육두문자를 날리려다 한순간 입을 다물어버리고 말았다.

내 옆구리를 휙 돌아 앞질러가는 트럭의 큼지막한 옆 거울이 온통 호박 빛으로 물들어 있었다.

그 호박 빛 덩어리 속에 잘 익은 수박 속 색깔의 해가 둥실 들어앉아 있었다.

아, 내 등뒤로 해가 지고 있었다!

혀 위에 놀던 육두문자를 다시 속으로 구겨 넣으며 나는 몇 미터를 그 차에 바짝 붙어 갔다.

그 차 거울에 비친 일몰을 보기 위해.

정작 위험한 곡예운전을 한 건 그가 아니라 나였다.

대낮 목장 풍경

늘 다니는 길, 말 목장에 사람이 구름떼를 이루었다.

울긋불긋한 옷차림이 멀리서 보아도 관광객들이다.

말을 타다 사고가 났나 싶어 차를 달려 다가가니 말 한 쌍이 벌이는 농익은 사랑놀음 구경패다.

박수치며 환호성까지 질러대고들 있었다.

정작 보기에 민망한 것은 벌건 대낮에 사랑놀음을 펼치는 동물이 아니라 그를 보고 침을 흘리면서 환호하는 사람들이다.

울타리 안에 봄을 심다

지난 해 거둔 강낭콩 씨앗을 물에 불렸다가 창가마다 심는다. 알기 쉽게 말해서 강낭콩이지 실은 작두콩이 원래 이름이다. 〈재크와 콩나무〉라는 동화에 나오는, 재크가 하늘나라로 타고 올라갔다는 그 콩이다. 꼬투리도, 콩알도, 잎사귀도 다른 콩과는 비교가 안 될 정도로 큰데다 줄기 또한 굵은 철사처럼 딱딱하고 질기다. 창틀 맨 위쪽까지 타고 올라 갈 줄만 잘 매주면 여름 내내 창에 발을 걸 필요도 커튼을 칠 필요도 없다. 넓적한 이파리 대여섯 장이면 우리 돌집의 자그마한 창문 하나는 금방 가려진다.

콩알을 심으려고 보니 재작년 그리고 작년에 뻗어나갔던 줄기가 말라비틀어진 채 그대로 있다. 문득 어릴 절 읽었던 강낭콩 형제 이야기가 어렴풋이 생각난다. 책상 서랍 속의 강낭콩 꼬투리 안에서 오순도순 지내던 강낭콩 형제들이 어떻게 흩어지게 되었더라? 삼십 몇 년도 더 된 세월 저편의 이야기가 완벽하게 생각날 리 만무하다.

어쨌거나 다른 형제들처럼 멀리 떠나지 못해 슬퍼하던 강낭콩 한 알이 창틀에서 싹을 틔우고 그 창 곁에는 하루 종일 누워지내야 하는 아픈 소년의 침대가 있었다는 이야기. 병든 소년에게 유일한 말벗 구실을 해주었던 그 강낭콩은 바로 봄, 희망이었으리라. 나도 창가마다 희망을 심는다.

씨앗을 심는 일은 얼마나 근사한 일인가. 보잘것없이 생긴 그 작은 한 톨의 씨앗에 담겨진 비밀은 얼마나 무궁무진한가 말이다. 원래 예정된 그 색깔과 그 모양과 그 크기로 싹을 틔우고 꽃을 피우고 열매를 맺는 데에서 씨앗의 비밀은 끝나지 않는다. 한 톨의 씨앗은 무수한 생명으로의 회귀를 영원히 반복하는 것이다.

심는 김에 이웃집 울타리를 몇 번이고 서성이며 받아두었던 이름 모를 꽃씨도 심는다. 생기기는 코스모스처럼 여리게 생겼는데 담장을 기어오르는 속성으로 치자면 담쟁이 넝쿨을 닮은 꽃이다. 하지만 담쟁이 넝쿨처럼 줄기가 저마다 씩씩하게 쭉쭉 뻗어나가는 것이 아니라 실타래가 엉킨 듯 서로를 껴안고 힘을 보태어 힘겹게 담벼락을 기어오른다.

눈부시게 빨간 꽃이 피는데 꽃 이파리가 하도 작아 멀리서 보면 연초록 줄기 사이에 빨간 점이 찍힌 모습이다. 이 꽃이 담쟁이 넝쿨처럼 씩씩했거나 장미처럼 눈에 띄게 아름다웠다면 난 결코 꽃씨를 받기 위해 그 집 앞을 서성거리지는 않았을 것이다.

이것도 나이가 들어가는 징조일까. 이제는 홀로 아름다운 꽃보다는 서로 얼크러져 있을 때 아름다운 꽃에 더 정이 간다. 더구나 이제는 꽃 이름 따위는 신경조차 쓰이지 않는다. 언제 무슨 색깔로, 어떤 모습으로 피었던가만 뇌리에 살아있으면 그 뿐, 굳이 이름이나 꽃말이 궁금할 까닭이 없다.

지루한 장마가 지나고 나면 우리 집 울타리에는 온통 그 이름 모를 꽃들이 잔치를 벌이고 있을 게 분명하다. 꽃 잔치뿐이겠는가. 게으른 내가 미처 건사하지 못한 씨앗들은 그 자리에 떨어져 겨울을 지새우고 다시 봄을 준비할 것이다.

혹 누군가가 우리 집 울타리를 서성이다가 서로 보듬고 돌담을 힘겹게 오르는 그 꽃에 반한다면, 그래서 한 순간이나마 벅찬 가슴이 되어 언젠가의 나처럼 몇 톨의 씨앗을 정성스럽게 챙겨간다면…….

비바람이 키우는 봄

초봄에서 봄의 한가운데로 나아가는 길목, 제주는 역시 바람이 불어야 제주답다. 창문이 떨어져 나갈 듯 덜컹거리고 비닐 하우스 지붕이 불려갈 듯 정신 없이 바람이 불어야 비로소 제주다운 느낌이 든다. 거기에 비까지 퍼붓는다면, 그리고 앞을 가늠할 수 없도록 짙은 안개까지 낀다면 그것은 전형적인 제주의 봄 날씨에 손색이 없다.

바람 잔 날 제주는 천방지축 개구쟁이가 뭔가 꿍꿍이속을 꾸미고 있는 모습과 닮았다. 안심하고 뒤돌아서는 순간 개구쟁이의 꿍꿍이속에 보기 좋게 속아넘어갈 것 같은 불안감이 느껴지기까지 한다.

요 며칠 제주 날씨는 참으로 제주다웠다. 억수 같은 빗속을 달려 제주시로 향하다 보면 교래를 지나자마자 햇살이 비치기 시작해서 오일륙도로를 막 벗어나 제주시로 들어서면 땡볕이 기다리고 있다. 그런가 하면 모처럼 날이 개이겠다 싶어 가벼운 옷차림으로 나갔다가 여지없이 제주대학 부근부터 빗살을 만나 온몸에 소름이 돋기도 했다. 날씨가 이러니 나 혼자 헛갈리는 것은 괜찮지만 가끔 타박 아닌 타박을 듣게 되기도 한다.

얼마 전, 우리 부부와 절친하게 지내는 선배 부부가 제주에 오겠다고 해서 두툼한 겉옷을 꼭 가져와야 한다고 충고했다. 그런데 공교

롭게도 제주에 도착하고 보니 푹푹 찌는 게 꼭 여름 날씨더란다. 투덜거리며 두툼한 점퍼를 벗어버리고 반소매 차림으로 성산 일출봉엘 갔는데 이번에는 얼어죽는 줄 알았단다. 그래서 다시 점퍼를 꺼내 입고 서귀포를 거쳐 중문 숙소로 향했는데 이번에는 폭우가 쏟아지더란다. 우리 나라에서 제일 살기 좋은 곳이 제주인 줄 알았더니 도대체 이런 여우 날씨 속에서 어떻게 사느냐고 타박이었다.

'하루동안 온갖 날씨를 다 경험할 수 있으니 살기 좋은 곳이잖아요. 게다가 하루에 동서남북을 다 싸돌아다닐 일이 없으니까 붙박이로 사는 덴 지장 없거든요.'

대꾸는 쉬웠지만 정말이지 적응하기 어려운 제주의 봄이다.

그래도 이 변덕쟁이 날씨를 견디게 해주는 매력이 있으니 그것은 나날이 달라지는 주변 풍경이다. 꽃이 져버린 유채는 늘씬 자란 키에 물이 올라 푸른빛이 더하고, 돌담에 에워싸인 보리밭은 촉촉하게 윤기 흐르는 초록바다다. 잔풀만 고개를 빼꼼하게 내놓던 삼나무 그늘 아래는 꼬리 펼친 공작새처럼 연둣빛 관중이 화사하게 피어있다. 보나마나 그 언저리에는 보드랍디 보드라운 이끼 융단이 깔려 있을 게다.

마당의 풋감나무 이파리도 어느새 여린 연둣빛을 벗어버리고 초록을 향해 달려가고 있다. 두어 송이 배꽃이 머물고 간 자리에 새 이빨 돋아나듯 이파리가 방긋거리는 배나무, 물오른 잎으로 무성해진 젠피나무, 꽃망울을 터뜨리기 시작한 팔삭나무 어느 것 하나 어제와 똑같은 건 없다. 사나흘 몰아치던 비바람은 사람에게나 적응하기 어려운 대상이었지 나무에겐 아니었던 모양이다.

터질 듯 말 듯 간지러운 꽃망울을 긁어주고, 뿌리 깊숙이 목마름을 적셔주고, 게으른 주인 덕에 아직까지 매달려 있던 거추장스러운 묵은 열매를 떨어뜨려 주었으니 이제는 열심히 꽃피우고 열매 맺을 일만 남았으리.

비바람 속에 무르익어가는 이 봄, 나는 나무와 풀과 새와 미칠 듯한 비바람을 그대로 느낄 수 있는 널따란 유리창을 하나 갖고 싶다. 아님 마음의 창이라도.

궨당*생기다

큰언니의 큰딸인 조카네가 제주도로 오게 되어 며칠 집 구하기에 바빴다. 제주 전통의 이사 기간인 신구간*이 아니라 나와있는 집이 별로 없어서 다리품을 많이 팔았다기보다는 생활정보지와 전화통을 붙잡고 보낸 시간이 많았는데 사실은 그게 더 피곤한 일이다. 선택의 대상이 여럿이면 실제로 가보고 고르면 되는데 몇 안 되는 중에서 조건에 맞춰 고르자니 어렵고 더구나 내가 살 집이 아니라 더욱 어려웠다. 하지만 마음만은 너무 즐거웠으니 나와 여덟 살 차이나는 그 조카에게 지니고 있는 정이 각별한 때문이다.

실은 조카가 결혼을 앞두고 인천에 신혼집을 구하러 다닐 때에도 나와 함께였다. 집뿐인가. 대학 다닐 때부터 사귀었던 두 사람은 양가 부모에게 인사를 드리러 가기 전 우리 부부에게 먼저 인사를 왔었다. 그 두 사람 편에서 본다면 일종의 자기편 만들기였겠고, 언니와 형부

* 궨당 : 혈족 · 친족이라는 의미이다. 보통 친척이라는 뜻으로 널리 쓰이며 권당으로도 표기한다.
* 신구간 : 대한(大寒) 후 5일에서 입춘(立春) 전 3일 사이의 기간. 옥황상제의 임명을 받아 내려왔던 신들이 임기가 끝나 올라가고 새로 임명 받은 신들은 아직 임기가 시작되지 않은 공백기간을 뜻한다. 그래서 이 기간에는 이사를 하거나 집을 고쳐도 아무런 탈이 없으나 평상시에는 이런 일을 했다가는 동티가 나고 액운을 면치 못하니 조심해야 한다고 믿어 해마다 신구간이 되면 제주도는 이사 행렬이 이어진다.

입장에서 본다면 좀 서운했을지도 모를 일이지만 나로서는 아무렇거나 지극히 즐거운 일이었다.

조카의 아들 녀석이, 그러니까 내게 손자뻘 되는 고 놈의 나이가 이제 다섯살. 내 기억은 33년 전으로 거슬러 올라간다. 나보다 열 다섯 살이나 많은 큰언니는 초등학교 3학년생인 내게 어여쁜 조카를 낳아주었다. 막내여서 늘 동생이 갖고 싶었던 내게 그 아이는 조카가 아니라 동생이었고 더 심하게 말하자면 그야말로 살아있는 예쁜 인형이었다.

내가 아이를 들춰 업고 나가면 동네 어른들은 '애가 애를 업었다.' 고 놀려댔지만 친구들에게 '너 조카 있어?' 라며 뻐기는 재미가 얼마나 굉장했는지 모른다. 내 친구 대부분은 맏딸이거나 두세 명 정도의 단출한 형제 자매 중 하나였기 때문에 아무도 나처럼 조카 자랑을 할 수 없는 처지였다. 동생이 있다 한들 나처럼 자랑을 할 수 있겠는가. 조카는 아낌없이 줄 수 있는 상대지만 동생은 평생 경쟁상대 아닌가 말이다.

이는 운명의 여신이 내게 준 일종의 보상이었다. 내가 초등학교 입학했을 때 어머니는 이미 40대였다. 친구들의 어머니들에게서 풍기는 풋풋한 젊음이 6남매나 낳아 기르느라 마흔을 훌쩍 넘겨버린 내 어머니에게 남아있을 리 없었다. 학교에 행사가 있는 날 그것도 아주 가끔 학교를 찾은 건 어머니가 아니라 양장차림에 하이힐을 신고 양산을 받쳐든, 갓 스물을 넘긴 큰언니였다.

젊지 않은 엄마에게서 태어난 설움(?)을 한순간에 씻어 준 것이 바로 조카의 존재가 아니었을까. 좀 터울 지는 자매 자라듯 하던 우리에게 확연한 이모 조카 표시가 나기 시작한 것은 결국 내가 나이를 먹으면서부터였다. 조카가 유치원에 다닐 무렵 나는 여고생이었고 조카가 여고를 졸업할 무렵 나는 이미 한 아이의 엄마가 되어 있었다. 이윽고 조카의 결혼식에는 내 두 아이가 신부 앞에 들러리처럼 서게 되었고 조카가 아이를 낳자 내 아이들은 자연스럽게 어린 나이에 삼촌이 되었다.

그 조카가 이제 내 곁에 살게 된 것이다. 제주도 근무를 자원한 남편을 따라 어린 아들과 뱃속의 아기까지 제주도에 오게 되었으니 이제 우리에게도 네 명 한가족의 궨당이 생긴 셈이다. 궨당뿐인가. 제주의 돌담에 에워싸여 제주의 화산흙을 밟으며 제주의 햇살과 바람 속에서 그렇게 같이 나이를 먹어갈 동무들이 아닌가.

늦은 봄날에 쓰는 반성문

마당이 잔디 반 잡초 반이다. 해가 뜨거운 날에는 살풋 빗살이 비치면 뽑아야지 하다가 정작 비가 오시는 날은 꿈쩍하기조차 싫어진다. 잔디나 풀이나 흙먼지만 안 날리면 되지 싶은 변명만이 악머구리 떼처럼 머릿속에 가득 차있다. 납작하게 피어있는 민들레는 꽃으로 셈을 치고 뾰족뾰족 솟아있는 잡초는 잔디인 양 여긴지 오래다. 마당의 잡초가 부끄러워 어디론가 숨어버리고 싶을 때는 이웃들이 우리 마당에 들어서는 순간뿐이다.

비닐 하우스 안은 더욱 가관이다. 살충제를 치지 않으려면 사람이라도 부지런해야 할 것을, 심어놓은 배추는 구멍 숭숭 뚫린 망사천 모양이다. 그래도 끼니때마다 뽑아다 볼따구니가 미어터지게 싸먹으면서 내가 키운 것이라고 큰소리치는 것을 빼놓지 않으니 나는 참으로 철면피다. 상추는 또 어떻고. 잊어버릴 만 하면 물을 주는 탓에 제대로 자라질 못해 아직도 이파리가 서너 살짜리 아이 손바닥만하다.

비닐 부대에 임시로 심어놓은 한라봉 칸을 보면 마음까지 심란해질 지경이다. 비닐 부대에서는 잡초가 묘목과 더불어 자라고 있고 바닥의 잡초는 웃자라 묘목과 키재기를 하고 있다. 한나절이면 다 뽑을 수 있다는 시건방진 계산이 늘 나를 게으르게 만든다.

뒤뜰로 돌아가 보면 내가 보아도 혀를 찰 지경이다. 다 쓰고 난 플라스틱 병류가 주방 뒷문 너머에 그대로 쌓인, 감추고 싶은 내 치부나 다름없는 현장이다. 물론 처음에는 컨테이너 박스를 갖다두고 다 차면 재활용품 수거함으로 내갔다. 그러다가 한두 번 그 시기를 놓치니 아예 뒤뜰이 재활용품 수거장소로 변하고 만 것이다. 보일러 기름 탱크에 기름을 넣어야 할 때가 되면 그나마 창피한 마음이 들어 어서 저것들을 치워야지 하면서도 그때뿐이다.

그렇다고 집안이 깨끗한 것도 아니다. 바닥이야 쓸고 닦는다지만 살림 사는 아낙네의 살림솜씨는 의외의 곳에서 확인되게 마련인 법. 마루, 방, 화장실 할 것 없이 천장 구석구석에는 거미가 진을 치고 산 지 오래다. 사람은 바닥만 차지하고 살 뿐 천장은 거미 차지인 셈이다. 거미가 한 마리만 보여도 기겁을 하던, 이사 온 첫해만 우리 집은 깨끗했다. 거미가 사람을 무는 것도 아니고 밥을 달라는 것도 아니고 아예 더불어 사는 쪽으로 마음을 고쳐먹은 뒤부터 나는 공식적으로(?) 게을러지기 시작했다.

나처럼 게으른 사람에게는 짬나는 대로 해도 되는 일을 맡겨서는 안 된다. 아직 감자를 캐기에는 이른, 이 늦은 봄날 두꺼워지는 것은 얼굴 가죽이고 그보다 더 두터워지는 것은 뱃살이다. 다만 한 가지 변명거리를 대자면 농사일에 쓰는 시간보다 방안에서 뒹구는 시간이 많아지면서 그간 틈틈이 써오고 있는 원고량이 부쩍 늘고 속도도 빨라졌다는 사실이다. 숨 가쁘게 지나가고 있는 내 인생의 한복판에서 적어도 무위도식하고 있지는 않다는 '알리바이'를 하나 확보해두고 있는 셈이다.

서귀포

이제 머지않아 이 봄날의 끄트머리가 보이지 않게 될 즈음 비로소 나는 농가 아낙의 직무유기죄에서 벗어나게 될 것이다. 감자를 캐고 참깨를 거두고 감귤을 따고 그것들을 소비자에게 파는 일을 소나기처럼 해치워야 하는 그 날까지만이라도 나는 천하에서 제일 가는 게으름쟁이이고 싶다.

잠 못 드는 새벽녘

새벽녘, 마당에 맞붙은 비닐하우스 지붕으로 세차게 떨어지는 빗소리에 잠을 깼다. 햇볕 쨍한 날이 몇 날 계속 되더니 그예 장대비가 쏟아지는 것이었다. 슬레이트 지붕으로 떨어지는 빗소리는 웬만해서는 사람을 깨우지 않지만 비닐하우스가 생기고부터 조금만 비가 내려도 그 과장된 빗소리에 잠을 깨기 일쑤다.

창문을 열어보니 우당탕 빗소리가 과장된 것만은 아니어서 마당 잔디밭에 벌써 물이 고여 있다. 비닐하우스 지붕 일부가 열려 있다는 데에 생각이 미치지만 이 새벽에 쏟아지는 빗속을 뚫고 사다리를 타고 올라가 지붕 비닐을 내릴 수는 없는 노릇이다. 이 세찬 비에 지금 막 떡잎이 돋아난 참깨 모가지가 부러지지나 않을까 걱정이 되지만 곤히 잠든 남편을 깨울 수는 더더욱 없다.

도리 없이 창문을 닫고 다시 누웠으나 정신은 말똥말똥, 끊긴 잠이 쉬 이어질 것 같지가 않다. 일을 많이 해서 몸이나 고단하면 쉽게 잠이 드련만 이즈음에는 몸뚱이를 혹사시킬 만한 일을 하지 않다 보니 이 생각 저 생각이 오히려 잠을 깨우고 만다.

이 비는 필시 유월 장마의 시작일 것이다. 한 해의 한복판에 시작되는 장마가 끝나고 날 즈음이면 시간은 한 해의 끝자락을 향해 곤두박질칠 것이다. 상상하기조차 엄두가 나지 않는 중노동의 계절이 시작됨과 동시에 나는 어쩌면 내 인생에 가장 의미심장하게 기록될 통과의례를 준비해야 할 것이다. 열 서너 살 무렵의 사춘기가 내 부모로부터 나를 심리적으로 독립시켜주었던 것처럼 이제는 내 아이가 나로부터 심리적, 물리적 독립을 얻어나가는 그 통과의례를 의연하게 지켜봐야 한다.

큰 아이가 지금 중 3, 내년이면 인문계 고등학교가 있는 제주시나 서귀포시로 유학을 떠나야 한다. 자취나 하숙이나 기숙사 생활을 하게 될 큰 아이와 일상을 같이 할 수 있는 시간은 그리 많지 않다. 주말이나 방학에야 같이 보낼 수 있겠지만 그 아이는 이미 예전의, 내 품안의 아이가 아닐 것이다. 부모와 동생이 함께 하지 않는 잠자리와 밥상머리에서 다가올 자신의 미래를 곰곰이 그려볼 것이고 아무도 대신해 줄 수 없는 입시 전쟁에 고독한 승부를 걸어야 할 것이다. 부모로부터의 물리적 독립은 심리적 독립을 더욱 가속화시킬 것이다.

그리고 그 다음엔? 자기 꿈이 있고 여건이 허락한다면 그땐 아예 제주를 벗어나 생활을 하게 될 것이다. 군대도 다녀와야 할 것이고 직장도 얻어야 할 것이며 그리고 결혼도 해야 할 것이다. 그때부턴 정말 나만의 아들이 아닐 게 분명하다. 내가 챙겨줘야 그나마 사람 구실을 하던 때는 이미 지나고 오히려 나이든 나를 걱정하고 보호해줘야 할 대상으로 여기게 될 게 뻔하다.

여느 도시에서라면 몇 년쯤 뒤에 닥치게 될 일이 시골에서 살다보니 코앞의 일로 다가서고 있다.

이제 남은 몇 개월만이 우리 모자에게, 우리 가족에게 남겨진 '우리' 의 시간이다. 살을 비비고 아침저녁으로 눈을 맞추고 쇳소리를 내가며 호통도 칠 수 있는 그런 시간. 이 얼마나 소중하고 아까운 시간인가. 큰 아이가 거쳐야 할 이 통과의례는 또한 내가 반드시 거쳐야 할 내 인생의 통과의례임에 틀림없다.

서로를 의지 삼아 아름다운 홀로서기에 성공할 수 있도록 기꺼이 도와줄 일이다. 이래저래 잠 못 드는, 장마 초입의 새벽녘이다.

태풍이 남기고 간 것

무엇이든 소유한다는 건 심신이 피곤한 일이다. 그렇다고 내가 남보다 월등하게 많은 것을 소유하고 있다는 이야기는 아니다. 다만 아주 보잘 것 없는 것 한 가지라도 내 소유로 두자면 그만큼 신경을 써서 건사를 해야 한다는 것이다. 더욱이 그 소유물에 정신이 의지하는 부분이 크면 클수록 육체 또한 고단할 수밖에 없다.

5호 태풍 라마순의 간접적인 영향을 받기 시작하면서부터 우리 부부는 밤잠을 설쳤다. 우선은 바람소리가 너무 괴기스러워 온 밤내 얕은 잠 속을 헤매고 다녀야 했다. 집 한 채만 동그라니 있어도 무서울 것이지만 마당에 잇대어진 비닐 하우스로 불어닥치는 비바람은 소리부터가 상상을 초월하게 무서웠다.

남편은 하우스 지붕을 완전히 열어 젖혀 고정시켜두지 않은 것이 신경 쓰이는지 당장이라도 하우스 지붕에 오를 기세였다. 우리는 서로 내놓고 말은 안 했지만 4년 전 우리가 이사오던 해 만났던 태풍 올가를 떠올린 게 분명했다. 전기도 전화도 수도도 다 끊기고 부엌 천장은 비가 새서 홍수를 이루었던, 잊을 수 없는 올가의 기억.

그래도 그때는 이 집 한 채만 날아가지 않으면 되었다. 하지만 이제는 날아가지나 않을까 노심초사해야 할 비닐 하우스가 두 채나 된다. 울타리 안의 것은 기술자가 지은 감귤 하우스라 튼튼하기나 하지만 빌린 밭에 세워놓은 하우스는 중고 자재로 지은 농수산 하우스라 걱정이 더한 형편이다. 거의 뜬 눈으로 밤을 새우다시피 하고는 이른 아침부터 남편은 하우스를 오가며 단속을 했고 나는 아이들을 학교에 데려다주는 일로 부산을 떨었다.

어쨌거나 라마순은 올가보다 훨씬 유순하게 지나갔다. 태풍이 걷히고 난 뒷날은 어찌나 대기가 맑고 싱그러운지 청명한 가을을 만난 듯 했다. 하늘은 높고 푸르렀고 태풍이 남기고 간 미풍에 살랑거리는 나무 이파리들은 서로 재미난 이야깃거리를 쑥덕거리며 깔깔거리는 듯 상쾌하고 유쾌해 보였다.

정말이지 뭔가를 하나 더 갖는다는 건 얼마나 고단한 일인가. 처음으로 차를 샀을 때였다. 남들은 초보일 때 중고차를 산다지만 겨우 운전만 할 줄 알았지 기계라곤 전혀 모르는 처지라 차라리 새 차를 사자 싶어 산 거였는데 이게 영 불안한 게 아니었다. 초보운전이라 불안한 게 아니라 차고도 없는 처지에 새 차를 달랑 도로에 세워놓고 잠을 청하자니 그게 여간 신경 쓰이질 않았다.

바람만 세게 불어도 창 밖으로 확인하고 개구쟁이 동네 녀석들이 골목에서 뛰어 놀기만 해도 불안해서 확인하길 수십 번. 나 같은 밴댕이 속으로는 수많은 땅과 건물을 지닌 부자들의 그 복잡한 속을 감히 헤아릴 길이 없었다. 하기야 아예 많이 가진 사람은 이따위 걱정은 할 필요도 없겠지만 말이다.

그럼에도 나는, 우리는 얼마나 많은 것을 소유하고, 소유하려 하고 있는가. 행여 그것을 놓칠세라, 행여 남보다 더 적게 가진 것은 아닌가 얼마나 부질없는 속앓이를 하는가 말이다. 태풍이 지나간 자리, 말갛게 씻은 얼굴로 나타난 눈부신 하늘 아래 서니 간밤의 초조감이 부끄럽기만 하다.

그래도 우리가 그토록 태풍으로부터 지키고 싶었던 것이 다름 아닌, 꼬무락꼬무락 커가고 있는 참깨 밭 하우스였던 사실이라는 게 그나마 위안이 될 뿐.

'시월애(時越愛)' 를 꿈꾸며

일요일, 쏟아 붓던 비가 잦아든 뒤의 하늘은 잔뜩 심통 난 일곱 살배기 개구쟁이처럼 찌푸려 있었다. 숙원사업을 해치우자고 작정을 하고 늦잠과 낮잠의 유혹을 떨치고 일어났다. 숙원사업이란 다름 아닌 우체통을 내 손으로 만들어 세우는 일. 이사오던 해부터 하고 싶었던 일이었으나 마땅한 목재를 구하지 못해 미뤄오다가 4년만에야 해치우게 되었으니 숙원사업이라는 말이 전혀 어색하지 않다.

까짓 우체통이야 우체국에 가면 비에 젖지 않을 것으로 비싸지 않게 살 수 있을 게다. 생활 소품을 파는 가게에 가더라도 동화 속에 나옴직한 날렵하고도 예쁜 모양의 우체통을 얼마든지 살 수 있을 게다. 하지만 그 어느 것이 우리 돌집에 어울릴 것인가. 제주돌을 쌓아올린 올레담과 그 길을 따라 죽 늘어선 대나무와 중후한 멋을 풍기며 늙어가고 있는 동백나무에 어울리는 우체통은 두툼한 나무로 아무렇게나 만든 듯 투박하고 질박한 느낌이 우러나야 제격일 터.

우체통의 사각 몸통을 만드는 일은 그다지 어렵지 않았다. 문제는 지붕이었다. 지붕을 이루는 두 면을 폼 나게 마주보게 붙이고 싶어도 모서리를 사선으로 처리할 재간이 없었다. 재주도 능력도 부족할 때 필요한 것은 오로지 실험정신뿐이다. 한 면은 세 조각의 나무를, 다른 한 면은 두 조각의 나무를 이어 만든 다음 넓은 면이 좁은 면을 덧씌우는 형태로 못질을 하는 수밖에 없다. 균형 잡힌 맞배지붕은 못되어도 이 세상 어디에도 없을 파격적인 지붕인 것만은 확실했다.

신문이나 책자까지 넣자면 문이 넓어야겠다 싶어 손잡이까지 달린 두 쪽짜리 문을 만들었는데 이번엔 경첩이 없다. 점심도 거른 채 한달음에 면 소재지에 나가 경첩을 사왔다. 문을 달고 지지대를 붙인 바닥에 몸통을 잇고 지붕을 얹었더니 듬직한 우체통이 제 모습을 드러냈다. 언젠가 내 손으로 지어 살고 싶은 집과 꼭 닮은꼴이다. 줄자도, 세로로 켜는 톱도, 대패도 없이 달랑 톱 하나와 사포 한 장만 들고 설친 지 다섯 시간 반 만이었다.

새집을 닮은 저 우체통을 거쳐 우리 손에 전해질 미지의 편지들. 저것이 있어 나는 앞으로 얼마나 행복하고 즐겁고 가슴 저릴 것인가. 내년이면 집을 떠나 고등학교에 진학하게 될 큰 아이의 문안편지를 꺼내든 순간 내 눈가엔 필시 눈물이 고여있으리라. 터무니없이 곤두박질친 성적표라도 나는 기꺼이 아리는 가슴을 달래가며 감사하게 받으리라.

아들 녀석들의 어여쁜 첫사랑의 소녀들이 보내온 편지를 꺼내든 순간 나는 당황하기도 하면서 약간 샘이 치밀어 올라 몰래 뜯어보고 싶은 유혹을 이기느라 한동안 우체통 앞을 서성이겠지. 밤을 새워가며 첫사랑의 소녀에게 써서 부친 내 아들의 편지가 되돌아와 있다면? 우체통 곁에서 꺾은 찔레꽃이나 능소화나 넝쿨장미 한 송이를 그 소녀 이름 위에 얹어 아들에게 전해주리라.

세월이 더 흘러 더 멀리 떠나간 녀석들이 어느 날 다니러 오겠다는 편지를 보낸다면 나는 우체통을 한번 꼭 껴안아 주리라. 정말 더 많은 시간이 흐른 뒤 나는 이미 페인트 자국마저 희미해진 우체통 앞에서 오랫동안 서성거리고 있겠지. 나의 분신들이 낳은 또 다른 분신들이 할머니를 향한 그리움으로 적어 내려간 편지를 발견하는 순간 나는 뜨거운 고마움으로 우체통에 입을 맞추리라.

깨꽃이 피면

오랜만에 뭍 나들이를 다녀왔다. 친정 형제 자매들이 휴가 날짜를 맞춰 모처럼 아버지 산소에 성묘하기로 계획을 세웠기 때문이다. 이곳에 온 후로 가족이 함께 뭍 나들이를 한 건 지난 설날 서울행에 이어 이번이 두 번째다. 방학이면 아이들끼리 다녀오거나 볼 일이 있어 남편과 내가 따로따로 다녀온 적은 있어도 다 함께, 그것도 내 고향에 다니러 간 것은 이번이 처음이었다.

우리 6남매에서 태어난 손자들이 모두 열세 명. 그리고 그 가운데 이미 시집 장가 간 손자들에게서 태어난 증손자가 모두 다섯. 열아홉 살에 시집온 어머니가 이른넷에 이룬, 삼대에 걸친 생명의 역사는 결코 가볍지 않다. 비어있는 아버지의 자리가 늘 아쉽고 커 보이는 것도 그 때문이다.

몇 대의 차에 나뉘어 타고 나선 성묫길. 제주와는 사뭇 다른 시골 풍경이 끝도 없이 차창 밖에 펼쳐졌다. 제주에서 보낸 4년이란 세월이 그리 짧은 시간은 아니었는지 곳곳에서 만나는 논과 강과 깊고 높은 산 그림자가 어느 결에 낯설게만 느껴졌다. 깨꽃이 만발한 참깨 밭을 지나면서 어머니가 한 마디 하신다.

'깨꽃이 피면 머슴 밥상에 반찬이 한 가지 줄어드니라.'

깨꽃이 필 시기면 힘든 농사일은 대강 끝날 즈음이라 머슴 대접이 예전 같지 않게 된다는 말씀이었다. 맞는 말이라고, 그 설명에 고개를 주억거리는 건 6남매 가운데 유일하게 농사를 짓고 있는 우리 부부뿐이다.

물론 벼농사 지역을 기준으로 하는 이야기겠지만 깨꽃이 피기까지 농가에서 시간을 다투어 해야 할 일이 어디 한두 가지인가. 깨꽃이 만발하고도 한참을 더 있어야 호미와 삽을 씻는다는 백중날을 맞이하는 제주야 말할 것도 없이 힘들기만 한 일년의 농사여정 아니던가. 호미와 삽을 씻는다는 것은 한 해 밭농사의 중요 부분은 해치웠다는 의미일 터.

더욱이 농약과 화학비료를 전혀 쓰지 않고 감귤 농사를 짓고 있는 우리의 경우 일년 내내 농번기나 다름없다. 지금 탱자만 한 크기로 짙푸른 색깔을 띠고 있는 감귤의 맛과 색깔을 제대로 익히자면 12월 초 첫물 수확을 시작할 때까지 숨이 턱에 찰 지경이다. 남들처럼 부지런하길 하나, 일이 몸에 익어 손이 빠르길 하나, 자연스럽게 생활 속에서 몸에 밴 농사 지혜가 있길 하나 무엇 하나 제대로 갖춘 게 없는 나로서는 사실 지금부터가 걱정이다.

이어지는 어머니의 말씀.

'절대 나더러 시골에 가서 살자는 말은 말아라. 농사라면 진저리가 쳐진다. 농사만 지었더냐. 징하디징한 시집살이 했지, 허구한 날 삼베 짰지, 시골살이라면 몸서리가 친다.'

이번에도 그 말씀이 맞다고, 고개를 주억거리는 건 나뿐이다. 내가 만약 시골 태생이라면, 더욱이 제주 태생이라면 이 나이에 제주에서 농사짓고 살 생각은 하지 않았으리라는 것이 내 진심인 탓이다. 당해보지 않고 겪어보지 않았기에 모험심이 발동했고 신선한 매력조차 느꼈던 게 사실이기 때문이다. 무지(無知)가 투지(鬪志)를 낳았으니 내가 자청한 '머슴'의 길이 아닌가. 깨꽃이 핀들 반찬 가짓수를 줄여도 좋을 만큼 일이 줄어든 것도 아닐 바에야 오히려 가짓수를 늘려서라도 머슴 노릇 톡톡히 하자고 마음을 다잡았던 고향 나들이였다.

태풍 루사, 할퀴고 지나가다

△02년 8월 31일 아침

밤새 깊은 잠을 이루지 못하고 뒤척이다 겨우 눈을 떴다. 창 밖에서 들리는 굉음. 전기는 이미 들어오지도 않고 수돗물마저 쫄쫄쫄 이내 끊길 기세다. 휴대전화도 불통이고 신문 역시 배달될 리 없다. 아침 여섯시가 조금 넘자 두 아이의 비상연락망을 통해 임시 휴교조치가 전달됐다. 일단 물이 끊기기 전에 먹어 치우자고 차린 아침밥상, 밥이 제대로 넘어갈 리 없다.

아직 기세가 꺾이지 않은 살벌한 비바람 속을 뚫고 집을 나서보니 온통 아수라장이다. 바람에 날릴 수 있는 것들은 죄다 날려 여기저기 흩어져 있고, 비닐하우스 지붕과 옆장은 죄다 찢어졌고 올레에는 찢겨진 삼나무 가지가 길을 막고 있었다. 집을 에워싸고 있던 돌담은 두 군데나 허무하게 무너져 내려있었다. 하지만 이 정도는 그야말로 감사해야 할 판이다.

차를 몰고 마을을 한바퀴 돌고 온 남편이 전하기를, 하우스가 무너지거나 뒤틀린 집이 여러 곳이고, 어느 하우스도 비닐이 성한 집이 없으며, 도로에는 쓰러진 나무들이 뒹굴고 있다고 했다. 우리가 빌려 농사짓고 있는 밭에는 옆 과수원의 방풍림이 쓰러지면서 전기선을 덮치고 있더라고 했다. 우리 과수원도 성치는 못해, 방풍림이 넘어지면서 상한 나무가 꽤 되는 모양이다.

△그 날 오후에서 밤까지

오후 늦게서야 비바람이 조금씩 잦아들기 시작했다. 하지만 여전히 전기도 수돗물도 끊긴 상태다. 태어나서 처음으로 '임시 휴교'라는 파격적인 경험에 마냥 흥분했던 아이들의 입에서도 한숨이 새어나왔다. 텔레비전이 나오길 하나, 컴퓨터 게임을 할 수 있길 하나 그럴 법도 했다.

특히 작은놈은 독서도 게임도 텔레비전도 없어진 그 공동(空洞)의 시간을 견디기 힘들어했다. 하는 수없이 무너진 돌담과 부러진 나무를 대강 치우고 난 세 父子는 면소재지에 나가 만화책을 빌려왔다. 일찌감치 저녁상을 물리고 난 식탁에 밝혀진 세 자루의 초 밑에 코를 박고 아이들은 만화책을 보는 사이 간간이 들리는 거센 바람 소리. 아홉시가 넘어 해안가 아랫마을에는 전기가 들어온 모양이었다.

해안 마을에 즐비한 넙치, 전복 양식장이야말로 정전 시간이 길어질수록 되돌이킬 수 없는 상황을 초래하게 될 게 뻔한 일, 그곳에 먼저 전기가 들어간 것은 정말 다행스러운 일이다.

△9월 1일

남편은 이른 아침부터 과수원에 나가 방풍림이 쓰러지면서 깔아뭉개버린 감귤나무를 정리하느라 바빴다. 전기와 물이 끊긴지 만 하루가 지났다. 아수라장으로 변했던 마당 쓰레기를 치우고, 더불어 잡초를 뽑으면서 시간이 흐르길 기다린다.

오후 6시가 되도록 전기는 감감 무소식. 어둠이 깔리는 시간, 내 가슴에도 어둠이 내려앉는다. 양초를 사러 나갔더니 큰길가에 급수차가 와 있는 게 보였다. 우선 손에 잡히는 대로 한 말들이 빈 식초 통을 들고 뛰었다. 언제 물이 나올지 모르는 일, 식초 냄새가 나면 좀 어떠랴. 비로소 마을 사람들이 만나 얼굴을 맞대고 이 집 저 집 난리 났다며 소식들을 주고받는다. 누구는 하우스가 무너졌고 누구는 방풍림이 쓰러지면서 나무가 많이 상했고……. 남의 사정을 들어보니 우리 형편은 훨씬 가벼워 보인다.

초저녁 잠시 형광등이 켜지더니 이내 꺼지고 만다. 밭에서 돌아온 남편이 고양이 세수하듯 몸을 헹구고 나니 내일 아침 세수할 물도 없다. 밤새 물이 나오기만 기대할 뿐. 서너 번, 사람을 놀리듯 불이 켜졌다 꺼지길 반복하더니 밤 11시 가까운 시각이 되어서야 전기가 되돌아왔다. 이틀만에 보는 텔레비전 뉴스, '삼바 사슴' 루사는 그 사이 강원도 일대를 덮쳤나보다.

그들에 비하면 돌담 무너지고 감귤나무 쓰러진 것은 너무도 가벼운 상처였다. 나주의 어느 배 과수원은 바닥이 보이지 않을 정도로 낙과가 덮고 있는 모습이었다. 그래, 내가 더 낫다고 생각하면 이겨낼 수 있는 힘도 생기겠지. 신문은 내일이나 볼 수 있으려나, 휴대전화는 언제나 터지려나.

서귀포

가을 들판이 그립다

시골의 가을은 이슬을 타고 온다. 아침 신문을 가지러 마당을 가로질러 올레*에 이르는 길, 고무신을 신은 맨발이 축축하게 젖는다. 뜨자마자 머리 꼭대기가 벗겨질 만큼 강렬해지는 여름 해 아래서는 어림도 없는 일이다. 학교 가는 길 두 아들 녀석의 운동화까지 다 젖게 만들고도 한참이나 지나야 마르는 것이 이즈음의 아침 이슬이다.

아침 이슬이 촉촉한 동안은 나팔꽃도 깨어있다. 해 기운이 미처 땅에 닿기도 전에 입을 다물어버리던 나팔꽃이 이제는 아침이슬과 동무하여 아침 마당을 지키고 있다. 아침 이슬과 나팔꽃의 길어진 목숨에서 설익은 풋가을내가 난다.

올레를 벗어나 면 소재지로 나가는 길, 드물지 않게 피어난 억새꽃을 만난다. 아직은 색깔도 진분홍에 가깝다. 연분홍 꽃씨가 펄펄 날기 전의 억새꽃잎 하나하나는 몇 올 안 되는 머리카락을 기름 발라 아주 가느다랗고, 섬세하게 땋아놓은 듯한 모습이다. 바람에 나부끼면 손가락을 쫙 편 채 손을 흔드는 것 같기도 하고 막 새로 산, 때 끼지 않은 먼지떨이 같기도 하다. 이제 머잖아 억새꽃 천지가 될 터이다.

---

* 올레 : 거리에서 집으로 출입하기 위한 골목. 길게 휘어지는 형태가 보통인데 이는 거센 제주 바람이 집의 정면을 비껴가도록 풍속을 완화시켜주는 기능과 함께 외부 시선을 차단하여 집의 독립성을 지켜주는 기능을 한다.

내가 나고 자라던 곳의 가을은 벼이삭을 타고 내려앉았다. 논은 차를 타고 잠시 도심만 벗어나면 어디서나 만날 수 있었고 그곳에는 농익은 가을이 물들여놓은 벼이삭 물결이 남실대고 있었다.

날이 선 듯 시퍼런 물결이 출렁이는 보리밭이 차가운 이성과 오만한 지성으로 무장한 이십대라면, 싯누런 벼이삭 남실대는 가을 들판은 남의 허물까지를 껴안을 줄 아는 원숙한 사십대가 아닐까. 어느 해였던가. 그리도 분노할 일이 많았던 이십대의 어느 가을, 끝이 보이지 않을 만큼 드넓게 펼쳐진 가을 들판을 지나면서 나는 마음 속의 노도(怒濤)를 그 들판에 흘려보낼 수 있었다.

이즈음 가을 들판이 그립다. 깊은 산 그림자를 살풋이 덮고 그 안에서 다소곳이 익어가던 가을 들판. 누구나가 가난했던 내 어린 시절, 허수아비는 우리들 중에서 가장 가난했던 사람보다도 훨씬 못한 옷을 입고도 가을 들판을 잘도 지켜냈다. 철 지난 찢어진 밀짚모자에 너무 크거나 너무 꼭 끼는 옷이 오히려 더 사람다웠을까. 참새도 지금처럼 극성맞지 않던 시절이었다. 시커멓게 물들인 군복을 입고 한쪽 다리를 돌돌 말아 올린 채 두 팔을 벌리고 서있던 그 허수아비조차 그립다.

차를 타고 아무리 달려도 들판을 만날 수 없는 이곳에서 벌써 네 번째 가을을 맞고 있다. 드넓은 목장지의 풀밭은 새파란 풀색만 아름답다. 늘 푸른, 밋밋하고 싱거운 아름다움이다. 이삭이 패고 익어 가는, 계절이 바뀌는 대로 스스로 달라지는, 살아있는 아름다움과는 아무래도 거리가 있다. 지리산 자락 연곡사 올라가는 어디 쯤엔가 구불구불 허공에 수를 놓듯, 시루떡을 뚝 잘라 켜켜이 쟁여놓은 듯, 위태롭게 붙어있던 다랑이 논들에도 가을은 와 있을 것이다. 가을이 깊어지면 병아리 떼를 가득 풀어놓은 듯 황금물결이 출렁일 게다. 그 가을 논, 들판이 그립다.

그러나 그리움은 결국 그리움으로 남아야 하는 법. 애써 그리움을 지우려 하지 않는 까닭은, 이곳을 벗어나는 순간부터 나는 또 시퍼런 제주 바다를 그리워할 것을 너무도 잘 알고 있기 때문이다. 저 팔딱팔딱 뛰는 바다를 두고 나는 어디에도 못 갈 것임을 너무도 잘 알고 있기에. 싯누런 가을 들판이나 저 살아있는 바다나 다를 것이 무엇이랴.

마지막 가을 운동회

며칠 전 작은놈이 다니는 초등학교에서 가을 운동회가 열렸다. 작은놈이 6학년인 까닭에 당사자는 물론 우리 부부도 초등학생 학부모로서는 마지막으로 참여하는 운동회였다.

아, 세월이 벌써 이리도 많이 흘렀을까. 이제 내년부터는 이 아담한 잔디 운동장에서 펼쳐지는 그 어떤 잔치에도 초대받을 수가 없으리라. 흐르는 세월을 탓하랴, 늦둥이가 없음을 탓하랴.

우리가 이사오던 해 두 아이의 전학으로 전교생이 87명을 기록하게 되었지만 그로부터 만 3년이 흐른 지금 전교생은 70여 명에 불과하다. 여기에 유치원생을 합치면 겨우 90명을 넘을까. 그래서 운동회는 학생만이 아니라 학부모, 거기에 조부모까지 수를 더해야 게임다운 게임을 진행할 수 있다. 운동회 날이면 어른이고 노인이고 아이고 할 것 없이 모든 일을 접고 학교로 향해야 하는 까닭이 여기에 있다. 이쯤 되면 한나절 소일거리를 넘어 학교 행사를 행사답게 만들어야 한다는 막중한 책임감(?)도 없지 않을 터이다.

전교생 수야 도시 학교로 치자면 두 학급에 지나지 않지만 청군, 백군 없는 운동회가 무슨 재미랴. 적으면 적은 대로 부족하면 부족한 대로 전교생을 절반으로 나누어 청군은 '한라팀'이 되고 백군은 '백두

팀' 이 되어 응원하랴 경주하랴 분주하기만 하다.

지피지기(知彼知己)면 백전불태(百戰不殆)라 했거늘 달리기도, 장애물 넘기도, 풍선 터뜨리기도 함께 해야 하는 부모들 역시 상대편 부모가 누구누군지 확인해두느라 두 눈을 번뜩인다. 팀에 맞추어 흰색과 파란색 옷을 입은 아이들과는 달리 학부모들은 제각기 다른 색깔 옷을 입은 탓에 미리 아군인지 적군인지 익혀놔야 제대로 싸울 수 있기 때문이다.

나도 열심히 익힌다고 익혀두었건만 발목에 묶은 풍선 터뜨리기에서 두 명의 백군 적수를 만나 그만 지고 말았다. 게임을 하는 동안 어찌나 큰소리로 웃고 소리를 질렀는지 목이 쉴 정도였다. 말이 아이들 운동회지 동네 잔칫날이나 다름없는 하루였다.

재미도 재미지만 시골 학교 운동회의 진짜 매력은 인정(人情)에 있다. 그 날은 누구나 한식구가 된다. 세 명이 동시에 학교에 다니는 집의 엄마는 엉덩이 붙일 틈 없이 바쁘게 마련. 이럴 땐 누구라도 엄마가 되어 그 집 아이 손을 맞잡고 함께 달리고, 춤을 춰준다. 말도 필요 없고 새삼 부탁할 거리도 못된다. 지난 해 갑작스럽게 아빠를 잃은 동우는 엄마마저 건강이 좋지 않지만 그 또한 걱정할 필요가 없었다. 마을 엄마 아빠들이 돌아가며 동우의 엄마 아빠 노릇을 해주었기 때문이다.

곳간에서 인심 난다고 했던가. 시골 인정(人情)은 점심시간에 활짝 꽃을 피운다. 빙 둘러앉아 서로들 싸온 김밥이며 과일들을 나눠먹고, 군것질할 돈을 달라고 칭얼대는 아이가 있으면 누구라도 주머니에 푼돈이 있는 사람이 기꺼이 주머니를 털어놓는다. 교사와 학부모들을 위해 학부모회가 성의껏 마련한 한치 물회*는 서너 사람이 어우러져 먹을 수 있도록 한 양푼씩 몫이 돌아온다. 귀한 한치 물회는 모처럼 학교에 진을 친 잡상인들에게도 한 양푼씩 돌아간다. 모두가 배부르고 가슴 따뜻해지는 것이 시골 학교 운동회인 것이다.

우리네 가운데 몇이나 우리의 손자들 운동회에 참여해 빨래비누 낚시 게임을 즐길 수 있을까. 우리네 아이들 가운데 몇이나 이 마을을 떠나지 않고 살 것인가. 그때까지 이 학교는 사라지지 않고 그대로 버티고 있어줄 수 있을까. 그때도 공책 한 권 연필 한 자루에 입이 찢어지도록 좋아할 아이들이 있을 것인가.

내가 할머니가 되어서야 다시 초대받게 될 아름다운 가을 운동회여, 잠시 안녕.

---

* 한치 물회 : 제주 사람들이 즐겨 먹는 음식으로 시원한 국물과 함께 쫄깃하게 씹히는 한치맛이 일품이다. 한치를 썰어 양념된장에 버무려 채 썬 오이와 깻잎, 부추, 풋고추 등을 잘게 썰어 한데 잘 섞은 다음 시원한 냉수를 부은 후 얼음을 띄워 먹는다.

하늘이 알고 땅이 알고

어쩌다 한가한 토요일 해질 녘, 찬거리를 사러 면소재지 매장에 들렀다. 뭐 신통한 찬거리가 없나 두리번거리는데 작업복 차림의 한 여자가 망설임 없이 이것저것을 장바구니에 담는 모습이 눈에 들어온다. 바삐 움직이는 여자의 펑퍼짐한 엉덩이에는 풀물이 배어있고 반소매 옷과 팔뚝에 낀 토시 사이로 반 뼘 남짓 드러난 맨살이 조금 썰렁해 보인다. 신고 있는 운동화를 보니 필시 훌쩍 커버린 아들녀석이 작아서 신지 못하는 것이 분명한, 까만색 학생용 운동화다.

여자는 고깃간에 들러 돼지고기를 사고, 가지런히 묶인 허리춤에만 띠 포장이 되어있는 국수다발을 두어 개 사고, 어린 배추를 골라 장바구니에 넣고, 두부 두 모를 비닐에 넣어 장바구니 한구석에 조심스럽게 넣었다. 한 걸음도 허투루 낭비하지 않고 장을 보고 나서 쌩하니 바람을 일으키며 매장을 빠져나가는 그 여자의 뒷모습에 겹쳐지는 것은 한 달쯤 뒤의 내 모습이었다.

본격적인 극조생 감귤 수확 철, 여자는 이른 아침 자리를 털고 일어나 아이들 아침상을 대강 보아두고 과수원으로 향했을 것이다. 아니, 아까 장바구니를 든 여자의 엄지손가락에 끼워진 자동차 열쇠 고리로 보아 그 보다 더 이른 시각 감귤을 따줄 일꾼들을 태우고 왔을 것이다. 그리고는 일꾼들과 같이 감귤을 따다 과수원 한쪽에 불을 피워 놓은 야외용 버너로 멸치국물을 내고 국수를 삶아 아침 간식을 해결했을 것이다.

방금 사 간 저 돼지고기는 갖은 양념에 버무려져 내일 점심 일꾼들 밥상에 오를 것이고, 어린 배추를 데쳐 끓인 된장국도 한 자리를 차지할 게 분명하다. 두부 두 모는 바쁜 농사일에 지쳐 소홀해질 수밖에 없는 아이들 반찬 생각에 산 건 아니었을까. 이미 늦어버린 저녁 시간, 엄마를 더는 기다리지 못하고 끼니를 대충 때워버린 아이들이 여자는 얼마나 안쓰러울까.

어디에 사는 누구인지는 몰라도 한눈에 읽혀지는 그 여자의 일상이야말로 하늘이 알고 땅이 알고 너와 내가 다 아는, 바쁘기만 한 감귤 수확 철 농촌 여자의 나날인 것이다.

나도 그 여자의 본을 받아 주저함이 없이 두부와 어린 배추를 골라 장보기를 끝내고 돌아오는 길, 감귤을 가득 실은 트럭을 여러 대 만났다. 어떤 차는 감귤 컨테이너를 다섯 단으로 쌓아 실은 탓에 커브 길을 돌 때 바짝 뒤따르기가 겁이 났다. 과수원에 창고가 있다면 몰라도 우리처럼 집에 붙은 창고까지, 오늘 수확한 감귤을 다 실어 나르자면 저렇게 몇 번씩이나 왕복을 해야 했을 것이다.

감귤을 따는 일은 그래도 양반이어서 크게 힘 안들이고 할 수 있는 일이라지만–지난해에 이어 올해도 우리 감귤 수확을 도와주시기로 한 옆 마을 삼촌 말씀을 빌자면 넥타이 매고도 할 수 있는 게 감귤 따는 일이란다–일꾼들이 바구니째 쏟아놓은 컨테이너를 일일이 리어카에 실어 날라 차에 싣는 일은 보통 맷집으로는 하기 어려운 중노동이다.

게다가 다시 차에서 내려 창고에 차곡차곡 쌓기까지 해야 하니 여자 품삯의 두 배는 주어야 하는 남자 몫의 중노동을 주인장 혼자 해냈다면 오늘 저녁 깡소주 한 잔 없이는 잠을 이루기 어려울 것이 뻔하다. 그러고도 내일 비가 오거나 일꾼들이 약속을 어기지 않는 한 어김없이 오늘과 똑같은 하루를 열어야 할 것이다. 하루뿐인가, 이제 시작인 것을.

작업복을 입고 잰걸음으로 걷는 여자는 죄다 내 자신 같고, 차가 기울어지도록 감귤을 실은 트럭을 모는 남자는 죄다 내 남편 같은 심정이 되는 때가 바로 이 즈음이다.

몸이 말을 걸어올 때

아주 생활력이 강한 여자가 있었더란다. 엄청난 고생 끝에 한 몸 먹고 살 만한 밑천을 장만했는데도 도대체 일을 하루도 거르는 법이 없었다. 그녀는 밤마다 거의 벗다시피 한 차림으로 춤을 춰야 하는 스트립쇼 걸이었다. 머리가 아파도, 배가 아파도, 감기에 걸려도 아픔을 참아가며 스트립쇼를 했다. 갖가지 약을 밥처럼 먹으며 한편으로는 일을 쉬고 싶다는 생각이 굴뚝같기도 했지만 일을 선뜻 그만두진 못했다. 그러던 어느 날 그 여자는 도저히 일을 나갈 수 없는 지경에 이르고 말았다. 온몸에 물집이 생기고 피부가 벌겋게 부풀어올라 옷을 입을 수도 손을 댈 수도 없었다. 그제야 여자는 일을 그만두고 비로소 몸을 누일 수가 있었다.

언젠가 읽었던 이 우화가 생각난 건 한 달 전 병상에서였다. 두 시간 가까운 수술을 마치고 병실로 돌아와 이젠 살았구나 싶을 때 머릿속을 뱅뱅 도는 것이 이 우화였다.

몸은 시시각각 위험을 경고하지만 이를 무시한 몸 주인은 결국 철퇴를 맞게 된다는 것, 몸은 처음에는 미미하게 위험을 경고하지만 결국에는 주인이 거부할 수 없을 극단적 상황을 마련해서라도 스스로를 보호한다는 것, 그리고 대부분의 몸 주인은 그러한 극한 상황에 이르러서야 비로소 몸의 경고에 귀를 기울이고 뒤늦은 후회를 하게 된다는 것 등이 누워서 이 우화를 되씹으며 내가 깨달은 교훈들이었다.

여름이 올 무렵부터 몸에 약간의 이상이 생기긴 했지만 이미 알고 있던 병이라 대수롭지 않게 여겼던 게 화근이었다. 병을 큼지막하게 키운 뒤에야 수술이라는 결단을 내릴 수밖에 없었는데 나는 비교적 이성적으로 현실을 받아들였다.

어떤 감상이나 어떤 합리화도 용납하지 않기로 결심했다. 마음에 걸리는 것은 오로지 아이들뿐이었다. 아이들에게 '만약의 경우'가 생기더라도 꿋꿋하게 살아야 한다는 따위의 말을 해주어야지 싶다가도 어쩐지 사위스럽다는 생각이 들고 그런가 하면 아무런 말도 남기지 않았다가 그 '만약의 경우'가 생기면 어떡하나 하는 두려움을 떨쳐내기가 쉽지 않았던 것이다. 남들이 들으면 웃을 일이지만, 게다가 어렵지 않은 수술일 거라고 누차 강조하던 의사가 들으면 진짜 비웃을 일이지만.

혼자서 온갖 비관적 상상을 거듭하다가 내린 결론의 하나는 어떠한 상황이나 결과에도 나는 억울해 할 자격조차 없다는 사실이었다. 알고도 병을 키워온 죄, 몸에 좋다는 음식이나 약을 잘도 챙겨먹는 사람들을 속으로 비웃은 죄, 늘 먹기와 자기와 일하기를 한여름 소나기 퍼붓듯 하면서 몸을 혹사시킨 죄 등등 일일이 따지자면 한마디로 '당해도 싸다'는 게 내 솔직한 심정이었다.

한 달 가까운 자리보전 끝에 일어나니 본격적인 감귤 수확 철이다. 그동안 좀 아팠다고 타고나기를 일복 많은 팔자가 달라질 리 있으랴. 여기저기 전화해서 인부 구하랴, 겨우 구한 인부들 아침 간식에 점심 식사 차리랴, 소비자와 직거래해야 하는 감귤이니 일일이 주문 받아 개인 택배 보내랴, 그 어느 것 하나 누가 대신 해주기 어려운 일들뿐이다.

힘만 써도 되는 남자라면 일당을 주고 구하겠지만 수확 철 농가 아낙이 해야 할 일이 어디 힘으로만 당할 일인가 말이다. 아직은 예전의 에너지를 고스란히 회복하지 못한 것 같아 감귤을 따거나 컨테이너를 나르는 일이 면제되는 것만도 감지덕지해야 할 일이다.

몸이 내게 건네는 나지막한 경고를 무시하지만 않는다면 내년 수확 철에는 몇 배의 일을 해도 되리라. 아니, 꼭 해야 하리라.

저 해를 보아라!

엊그제 큰놈이 고교 선발고사를 치렀다. 그동안 이기기 위한 '경쟁' 과는 무관한 채, 경쟁에서 '이기는 것' 에 별 가치를 두지 않는 부모 품에서만 살아온 아이가 이제 무한 경쟁의 세상 속으로 던져졌으니 우리는 차라리 경쟁에서의 승리 전략을 가르쳐야 했음이 옳았을까, 만감이 교차했다.

시험 날 아침 서둘러 길을 나섰다. 전날부터 눈발이 날리고 바람이 불어 동부관광도로 일부 구간은 필시 얼음길이겠다 싶어 일주도로를 빙 에돌아 가기로 마음먹었다. 새벽 4시 반부터 잠에서 깨어 긴장했던 어미와는 달리 아들은 차에 올라타자마자 의자를 뒤로 젖힌 채 카세트 테이프에서 흘러나오는 노래를 연신 따라 부른다. 역시 시험 무서운 줄 모르는 아이답다.

얼마를 갔을까. 행원 가까이 이르렀을 때 아이의 노랫소리가 끊기고 차 안엔 침묵이 흐른다.

"저거 보여? 바람개비. 풍력발전기 너무 멋있지?"

아들놈은 힐끗 창 밖으로 눈을 돌리는가 싶더니 대답이 없다. 또 얼마를 갔을까. 갑자기 어둠이 싹 가시고 아침빛이 돌더니 이윽고 차는 바다를 끼고 달린다. 나는 창문을 다 내리고 바깥바람을 불러들였다.

"좋지? 네 덕에 이 시간에 바닷바람을 다 쐬네."

이번에도 아들놈은 대꾸가 없다. 대신 방파제 끝에 빨간색과 흰색의 등대 두 개가 나란히 친구처럼, 모자(母子)처럼 서 있는 풍경을 물끄러미 바라본다. 그래, 아무 말하기 싫을 게다. 나도 그랬으니까.

고3 예비고사에서의 참담한 성적은 내 인생의 첫 실패로 기록될 만하다. 가장 못 본 모의고사 성적에도 못 미치는 점수를 가지고는 내가 원하는 대학에 원서조차 쓸 수 없는 형편이었다. 아예 본고사를 포기하고 재수를 시작하겠다는 내게 아버지가 말씀하셨다.

"재수는 허락할 테니 시늉이라도 내 뜻을 따라서 본고사 한번은 치르자."

그래서 그 날 아침 나는 아버지와 함께 버스를 타고, 아버지가 그토록 딸을 보내고 싶어하셨던 여자대학교로 향했다. 버스가 제2한강교를 지날 무렵 강 저편에서 동이 터 올랐다. 시뻘겋게 잘 익은 홍시 같은 해가 원반 모양 강물을 박차고 떠오르는 것을 보고 아버지가 말씀하셨다.

"자, 봐라. 해가 떠오른다. 해를 똑바로 봐라. 넌 운이 좋구나."

나는 그때 아버지에게서 은유를 배웠다. 어느 스승에게서도 배울 수 없는, 뜨거운 사랑과 희망의 은유법을. 하지만 나 역시 아버지에게 아무 말도 하지 않았다.

우울하게 시험을 치르고 돌아오는 길, 방향치(方向痴)답게 나는 버스를 거꾸로 타고 한참 서울 시내를 끌려 다니다가 늦은 오후가 되어서야 집에 도착할 수 있었다. 어찌 된 일이냐고 물으시는 아버지에게 나는 눈물을 글썽이며 대답했다.

"길을 잃어버렸어요."

아마도 아버지 역시 아셨으리라. 그 절망과 좌절의 은유를.

나는 그 날 아침 내 아들에게 평생 잊혀지지 않을 희망의 은유를 가슴으로 가르쳐주었던고? 차에서 내리는 아들놈의 뒤통수에 대고 한 말은 고작 '긴장하지마!', 멋대가리 없는 한마디였다.

내 아버지의 자리에 내가 서고 보니 부모라고 다 같은 부모가 아님을 절로 알겠다. 이 다음 시험을 치르러 가는 길에는 나도 아들놈에게 둥실 떠오르는 해를 바라보게 해주고 싶다. 잊지 않고 한마디도 덧붙여야지.

'해를 똑바로 봐라. 넌 운이 무척 좋은 아이야.'

남몰래 세우는 새해 원칙

끝이 보이지 않던 감귤 수확을 겨우겨우 마치고 나니 해가 바뀌었다. 사람을 구하지 못해 언제나 끝낼 수 있으려나 싶었는데 다행인지 불행인지 지난해 수확량의 절반 정도에 그친 바람에 해가 바뀜과 동시에 일을 끝마칠 수 있었던 것이다.

일꾼 구하고, 점심 준비하고, 그날그날 수확한 감귤을 밭에서 집안 창고로 실어오고, 다시 선과장으로 내가고, 주문을 받고, 발송장을 일일이 적고 하는 일들로 몸과 마음이 치여 해가 바뀌는 것도, 나이를 한 살 더해 가는 것도 실감하지 못한 채 그렇게 새해가 되었다.

특별한 계획을 세우지 않고 새해를 맞는 게 어찌 바빠서뿐이랴. 어벌쩡하게 거창한 계획을 세웠다가 안팎으로 망신당하느니 아예 계획 없이 그럭저럭 살아내는 편이 낫다는 영악한 계산속이 없다면 그것은 거짓일 터. 그렇다고 정말이지 아무 생각 없이, 계획 없이 하루하루를 살아내야 한다는 것 또한 얼마나 팍팍할까 싶어 마음 속에 몇 가지 원칙을 세우기에 이르렀다.

하나, 일꾼은 여름부터 구한다.

이번 수확 때처럼 사람 구하기가 어려운 적은 없었다. 지난 번 수확 때 도와준 이웃 마을 삼촌이 올해도 따주겠다고 한 약속이 그저 듣기 좋으라고 한 공수표였음을 알았을 때가 12월 중순이었으니 내가 생각해도 멍청하기 짝이 없었다. 새해에는 미리미리 다른 지방 사람을 구해놓기로 한다. 따라서 그들이 와서 머무를 방도 일찌감치 구해야 할 것이다.

둘, 컴퓨터에 주문, 발송 내역 프로그램을 설치한다.

이제 발송장을 손으로 일일이 적는 일에서 벗어나고 싶다. 소비자 정보가 입력된 프로그램을 깔고, 도트 프린터를 한 대 마련하면 꼬박 몇 시간씩 벌 서듯 앉아서 발송장 써야 하는, 이 원시시대를 마감할 수 있을 것이다. 여기에 한가지 더 홈페이지도 구축해야 한다. 우리를 믿고 직거래해주는 단골 소비자들이 언제라도 쉽게 우리와 교감을 나눌 수 있는 기반을 만드는 일이 올해 이루어야 할 가장 큰 사업이다.

셋, 채소를 사 먹지 않는다.

해마다 봄이 되면 오일장에 나가 부지런히 사 나르는 것이 각종 채소 씨앗과 모종이다. 고추, 오이, 호박, 상추, 깻잎, 배추, 무, 감자 등 한 해도 거르지 않고 심지만 늘 그뿐이다.

게을러 터져 심어만 놓고 관리를 제대로 안 하기 때문에 비실비실 말려 죽이거나 벌레 좋은 일만 시키고 만 것이 대부분이다. 올해는 내가 제대로 기르지 못했으면 아예 사먹지도 않는다는 각오로 덤벼야 할 것이 바로 텃밭농사이다.

이것들이 내가 올해 풀어야 할 핵심과제들인 셈이다. 말이 과제이지 따지고 보면 순전히 좀 덜 미련스럽게 일하고, 편하게 살고, 잘 먹고 살자는 것에 다름 아니다.

다만 이 모든 것들을 정직하고 건강한 과정을 통해 추구하기를 내 자신에게 바랄 뿐이다. 그러노라면 아직 서툴기만 한 농사일도 좀더 익숙해지고 원숙해질 게 분명하다.

더불어 내 나이 마흔 언저리에 시작한 이 감귤농사가 내 중년 이후의 인생을 지탱해줄 든든한 버팀목으로 자리해주길, 그래서 이제 막 우리 부부로부터 정신적인 이유기를 맞고 있는 아이들에게도 아름다운 인생의 한 자락을 살아가고 있는 부모의 모습으로 기억되기를. 이 작고 사소하기 짝이 없는 원칙들과 바람이 이루어지길 소망하노니 나는 결코 새해 계획 없이 새해를 맞은 게 아니었던 것이다.

이산가족 되다

집을 구했다. 짧게는 3년, 길게는 6년을 살아야 하는 집이다. 물론 꼭 그 집에서만 살게 되리라는 보장은 없지만 어쨌거나 큰놈에 이어 작은놈까지 고등학교를 졸업시키자면 필요한 세월이 6년. 그동안 우리 세 모자가, 때로는 네 식구가 대강 필요한 살림을 갖추고 살기에 불편하지 않을 만한 집을 구해놓고 보니 마음 한구석이 싸해지면서 허탈하기 그지없다.

참 알 수 없는 일이다. 퍽 오래 전부터 마음속으로 생각하고 상상하고 계획해 오던 상황인데도 그게 막상 현실로 닥치니 당황스럽기만 하고 아무래도 내 일 같지가 않다.

우리가 제주에 내려왔을 때 큰 아이가 초등학교 6학년, 작은 아이가 3학년이었다. 지금은 좁게만 느껴지는 이 집도 충분할 정도로 아이들은 어렸고, 언젠가 아이들의 진학문제 때문에 두 집 살림을 해야 하리라는 사실을 알면서도 너무 먼 훗날의 일이라 미리 걱정할 일은 아니었다. 그냥 언제까지라도 아이들과 도란도란 아옹다옹 살면 될 것 같았고, 때가 되면 한 학기 정도 통학을 시키고 그게 어려우면 방을 하나 얻어 독립시키고 내가 오가며 밥과 반찬을 챙겨주면 되겠다 싶었다.

하지만 막상 아이가 학교를 배정 받고 보니 그제야 현실이 보이기 시작했다. 이른 아침에는 어찌어찌 제주시로 나가는 직행버스를 탄다 해도 돌아오는 길은 면 소재지를 거쳐 우리 마을로 들어오는 버스를 타자면 길에서 버리는 시간이 얼마랴. 게다가 신구간이 아닌 때에 방 구하기는 쉬운 일인가. 그렇다고 처음부터 방을 얻어 아이만 내보낼 수도 없는 일이었다.

아이가 너무 어려서라거나 못 믿어서가 아니라 내게나 아이에게나 무척 소중한 이 시기를 함께 하고 싶다는 생각에서다. 나는 중 · 고등학교 시절을 부모님과 떨어져서 지내야 했다. 하지만 때때로 찾아드는 외로움이나 고립감, 그리움과 같은 정서적인 문제말고는 아무 어려움이 없었다. 오히려 내 자신에 관한 한 모든 문제를 스스로 판단해야 한다는, 묵직한 책임이 따르는 그 상황이 좋기만 했다.

그러나 내 어머니는 그게 아니셨는지 그 후 대학 4년 동안 내내 도시락을 싸주셨다. 중 · 고등학교 때 싸주지 못한 도시락이라며 늘 내가 좋아하는 볶음밥이나 김밥을 싸주셨는데, 딸의 성장기에 당신은 부재(不在)중이었다는 사실이 항상 마음에 걸리신 모양이었다. 지금, 아이만 떨어뜨려 놓는다면 내게도 그 같은 마음의 빚이 생길 것 같아서 아이 혼자 독립시키는 선택은 미뤄두기로 했다.

몇 날 며칠을 고민하고 나서 결국 내가 큰놈을 데리고 나가 사는 것으로 결정을 내리고 보니 이제는 작은놈이 내 앞을 가로막고 나선다. 올해 중학교에 입학하는 작은놈 역시 새로운 환경 적응에 적잖이 부모의 도움이 필요할 터. 시골집에 두 부자만 남겨놓을 순 없어 이제는 작은놈까지 데리고 가기로 마음먹었다. 그랬더니 이번엔 남편이 걸린다. 혼자서 밥을 잘 해먹고 살 수 있을까, 바가지 긁는 사람 없으니 마음놓고 술을 마시는 게 아닐까, 힘들게 일하고 들어와서 빨래며 청소 같은 집안 일에도 신경을 쓸 수 있을까.

이 모든 것을 남편이 잘 해낸다고 치더라도, 또 내가 자주 들러 처리하면 된다고 치더라도 감귤이나 감자 수확 철엔 어떡한다? 새벽에 일꾼 데리러 가는 일은 지금까지 내 몫이었는데, 게다가 아침 간식과 점심은? 두 집 살림을 하려니 걱정거리가 한 두 가지가 아니다. 결국은 네 식구가 큰놈 학교 근처에서 함께 머무르기로 결정을 내렸다.

힘겨운 결정을 내리고 보니 무엇보다도 우리 네 식구가 이곳에서 살았던 시간이, 그 4년이라는 세월이 이리도 빠르게 흘렀다는 사실이 놀랍다 못해 슬프기까지 하다. 잔디마당을 뛰어다니며 물총놀이에 해 지는 줄 모르던 아이의 턱에 하나 둘 수염이 돋고 있는 동안 내 귀밑에는 서리가 내리고 있었던 것을.

그래도 봄은 또 오다

겨울 끝물부터 줄기차게 내리던 비가 모처럼 그친 날, 창가에 비치는 햇살이 좀 상냥스러워진 듯 하다. 마당의 잔 풀들이 고개를 디밀고 올라오는데 겨우내 보던 물색이 아니다. 그간 내린 빗물을 얼마나 맛나게 먹었는지 초록에 윤기가 돈다. 봄이 왔다. 그래도 봄은 또 왔다. 여느 겨울 같으면 기나 긴 겨울이 지겨워서라도 미리 마음의 봄을 가불해서 흥취를 돋우려 노력했을 테지만 올 겨울은 그야말로 눈 깜짝할 새에 지나간 듯 하다.

연례 행사 같은 감귤 값 폭락. 이제는 마치 도청 앞 농민 시위가 있어야 한 해 감귤농사가 비로소 끝나가나 싶을 정도가 되었다. 우리야 감귤을 다 팔았다고는 하지만 밭 임대료와 인건비, 그리고 지난해 빌려쓴 영농자금 갚고 나니 두 손바닥에 먼지만 풀풀 날린다. 그나마 농약을 안치는 농사를 짓고 있어 밀린 농약 자재 값이 없어 다행이라고 해야 하나.

며칠 전 정말 오랜만에 단골 푸줏간에 갔더니 젊은 주인댁이 대뜸 감귤 다 팔았느냐고 걱정을 해온다. 그러저럭 팔긴 다 팔았다고 했더니 자기 아는 사람들을 줄줄이 꿰어가며 저장 감귤이 이미 다 썩어버린 집, 수매에 전량을 신청하지 못해 나머지는 갖다 버린 집, 아예 나무에서 다 따지도 못한 집 소식들을 전해준다. 요즘엔 돼지 잡는 횟수마저 줄어들었단다. 제주도에 감귤 농사 망하고도 살아남을 것은 하나도 없다고 한숨이다. 알량한 무게의 삼겹살을 사들고 뒤돌아서는 길, 마음도 무겁고 발길은 더욱 무겁다.

사실 우리가 농사를 시작한 첫해부터 비극은 이미 시작되고 있었다. 700평 과수원에서 딴 감귤을 단돈 85만원에 넘기고 나서 망연자실하여 이래서야 어찌 살꼬 한숨이 절로 나오는데 '빚 안 졌으면 됐수다.' 하는 이웃의 한마디가 비수처럼 가슴에 꽂혔더랬다.

몇 년 전만 해도 감귤 수확 철이면 돈 다발이 날아다니고, 공부를 못해서 대학을 못 보냈으면 못 보냈지 돈이 없어 자식을 대학에 못 보내는 집은 없었다는 이야기들이 전설처럼 쏟아지기 시작했다. 그랬던 감귤이, 이제는 한 해 뼈빠지게 농사짓고 빚 안 지면 다행이라니. 올해는 좀 나아질까, 내년에는 그래도 좀 더 낫겠지 싶은 바람으로 봄 같지도 않은 봄을 맞고 있는 게 어디 우리뿐이랴. 매도 혼자 맞는 것보다 동무가 있는 편이 더 나은 법. 이리저리 휘 둘러보아도 내 속사정과 하등 다르지 않을 이웃들뿐이다.

지난 2월 그동안 감자며 참깨를 갈던 하우스와 한라봉을 심을 요량이던 집 앞 비가림 하우스에 새 주인을 맞아들였다. 농수산 하우스에는 복분자를 심고, 비가림 하우스에는 '세도까' 라는 품종의 감귤을 심었다. 그 어느 것 하나 내년에 당장 우리의 빈 주머니를 채워주진 못해도 뭔가 꼬물꼬물 살아있는 것을 키워 가는 맛이 있다는 점에서, 게다가 그동안만은 물정 모르는 설레임이라도 간직할 수 있다는 게 큰 위안이 된다.

농부 속은 썩어문드러져도 나 알 바 아니라는 듯 해사하게 찾아온 봄, 여지없이 찾아오는 이 봄은 또 얼마나 멋진 위안인가.

남는 일손 어수과*?

봄 농사는 늘 풀과의 한바탕 전쟁으로 시작된다. 봄 들어 화창한 날과 비 오는 날이 적당히 교차되다보니 비닐 하우스 안은 그야말로 야생초의 천국이 되는 건 시간문제다. 집에 딸려 있는 하우스의 감귤 묘목은 무성한 잡풀에 가려 아주 띄엄띄엄 '나 여기 있소' 하고 안부를 전하는 형국이고, 복분자를 심어놓은 농수산 하우스는 복분자는 아예 뵈지도 않고 온통 보이느니 잡풀뿐이다.

지난해 이들 하우스에 감자를 심었다가 풀 뽑는 시기를 놓쳐 감자 수확 때 얼마나 힘들었나를 떠올리고는 '올해는 무슨 일이 있어도 초장에 다스리리라' 는 비장한 각오를 다짐해온 터였다.

우리 부부와 같이 농사를 짓는 천근 씨까지 세 사람이 매다보면 여름이 오고 말 것 같아 일손을 구하기로 했다. 단골로 감귤 수확을 거들어주시는 이웃 마을의 삼촌에게 전화를 했더니 금귤전정도 마무리하지 못했다며 일간 연락을 주겠노라는 대답이었다. 그 '일간' 이 며칠이 될 지 몰라 일단 세 사람이 틈나는 대로 풀을 뽑아가기 시작했다. 나는 집 앞 하우스를, 두 남자는 복분자 하우스를 맡아 몇 날을 매달렸지만 생명력 넘치는 봄기운에 떠밀린 잡초는 우리가 뒤돌아선 자리에

* 어수과? : 제주도 방언 '없습니까?'

서 다시 힘차게 살아나고 있었다.

목이 빠지게 기다리고 있는 삼촌의 연락은 좀처럼 닿지 않았다. 다시 전화를 했더니 마을에 잔치가 있어 사흘은 거기에 묶이고 어제는 아랫마을에 초상이 나서 또 한 이틀 묶이고 나면 전정하고 난 나무 치우기에도 바쁘다는 말씀이었다.

안 되면 안 된다고 기별이라도 해주실 일이지. 하는 수없이 다른 삼촌께 전화를 했더니 당근 밭 다니랴 고사리 꺾으러 다니랴 일벗을 구하기가 어렵단다. 아침 다섯시 현재, 비가 내리고 있거들랑 그때 전화를 주란다. 그 시각이라야 당근 밭을 포기한 일손들이 부슬부슬 빗속에 고사리 꺾으러 나가버리는 것을 붙들 수 있다는 것이다.

새벽부터 비 내리는 날을 무슨 기약으로 기다리고만 있을 것인가. 하루가 다르게 드세지는 잡초들이 무서워 우리 세 사람은 풀을 뽑고 또 뽑았다. 그래봤자 전체 면적의 절반에 절반도 못 미치는 우리만의 풀 뽑기 끝에 새벽부터 반가운 단비가 내리기 시작했고 가까스로 세 분의 일손을 구할 수 있었다.

이건 풀과의 전쟁을 넘어 숫제 일손 구하기 전쟁에 다름 아니라는 생각이 든다. 우리가 이곳에 정착하던 해만 해도 감귤 수확 일당벌이에 나선 젊은 아낙네들이 꽤 있었다. 그 덕분에 일가붙이 하나 없는 우리도 감귤을 다 딸 수 있었는데 이젠 상황이 너무 달라졌다. 아랫마을에 콘도가 들어서고 옆 마을에 골프장이 들어서면서부터는 하나둘씩 연중 돈벌이를 니시기 시작했던 것이다. 하다 못해 이웃한 민속마을에서 판매나 호객을 맡아 하거나 그도 아니면 수확이 끝난 더덕 밭을 찾아다니며 이삭줍기에 나서는 경우도 드물지 않다.

이젠 삭신 마디마디가 쑤셔 약 없이는 꼼짝도 못하는 나이 드신 삼촌들 아니면 하루 온 종일 흙 밭에 뒹굴며 3만원 받는 검질 매기(김매기)에 품을 팔 사람이 없는 형편이다. 몸도 성치 않은 이 삼촌들마저 일손을 놓아버린다면 우리 밭 '검질' 만 살 판 나겠다며 애써 희떠운 소리를 해보지만 내년엔 또 그 다음 해엔 얼마나 상황이 달라질 것인가 지레 겁이 난다.

어디 남는 일손 어수과?

때는 늦지 않으리

시골에 와서 농사를 짓고 살다 보니 본의 아니게 모르는 사람들에게 상담 비슷한 것을 해줘야 하는 경우가 더러 있다. 이름하여 '귀농상담'. 살아보니 어떠냐에서부터 제주도에서는 어떤 것을 해야 먹고 살 수 있느냐, 싸게 집을 구할 방법은 없느냐에 이르기까지 선뜻 우리 부부가 해답을 제시하기 어려운 질문이 대부분인 것이 이른바 '귀농상담'이다.

우리가 남에게 이렇다 저렇다 조언해 줄만큼 제대로 살고 있는가 하는 것과는 별개로 그들이 알고 싶어하는 것을 성실하게 답변해줘야 한다는 점에서 늘 곤혹스러운 것이 상담자 역할이다.

지난달에는 후배의 동생이 내 소개로 얻은 집에 이사를 왔고, 지난주에는 내년 제주도 이주가 목표라는 한 부부가 우리를 찾아왔으며, 대전에서 살고 있는 한 직장인으로부터는 제주도로의 귀농에 관해 조언해달라는 편지를 받았다. 그들의 사연을 들으면서 확인할 수 있는 것은 제주도라는 공간이나 농사라는 일거리에 대한 생각은 저마다 다르지만 현재의 일상을 벗어나고 싶은 소망은 한결같다는 점이다. 뭔가 다른 일, 다른 공간을 찾고 싶고, 이왕이면 멀리 떠나고 싶다는 소망을 지니고 있다는 점에서 그들은 모두 닮은꼴이다. 그 중에는 단순히 현재의 일상을 '벗어나고 싶다' 가 아니라 정말로 농사를 짓고 싶다는 열정을 가진 이들도 없지 않다. 사실 그 어느 쪽이든지 우리로서는 지극히 한계가 있는 답변밖에 들려줄 수 없어 안타깝기 그지없다.

지금이 어느 때인가. 감귤 가격은 4년째 끝을 모르고 폭락하고 있는 중이며 각종 인건비나 자재 값 역시 끝을 모르고 치솟은 상태인데다 소규모 창업을 해도 입에 풀칠이나 할 수 있을지 걱정해야 하는 이 판국에 어찌 무엇무엇을 하라고 조언을 해줄 수 있단 말인가. '요새 우리 동네에 산다 하는 사람은 한 명도 없다' 는 것이 우리 동네 사정을 제 손금 들여다보듯 훤히 알고 있는 슈퍼 안주인의 말이다. 나이 드신 어른들마저 예전 같으면 천 원짜리 물건을 사도 쉽게 시퍼런 만 원짜리 지폐를 꺼냈지만 요즘은 죄다 꾸깃꾸깃한 천 원짜리를 들고 오신다는 거였다. 한 자리에서만 십 년이나 구멍가게를 열어왔지만 올해 같은 해는 처음이라는 것이 그녀가 판단하는 지역 실제 경제상이다.

그러고 보면 우리는 귀농과 제주섬으로의 이주를 동시에 결정했을 때 그 어느 누구에게도 실질적인 조언을 구하지 않았던 것 같다. 제주에서 농사를 짓는 사람 가운데 아는 이가 한 사람도 없었다는 것은 표면상의 이유일 뿐, 혹 그들로부터 참담한 현실 이야기를 듣기 두려웠던 것은 아니었을까. 애써 결심한 바를 흔들림 없이 실천하기 위해서는 현실적 상황이 어떻든지 간에 뛰어들겠다는, 부딪히고야 말겠다는 의지만이 열쇠라고 믿었던 것 같다.

그리고 와서 살아보니 그것은 어느 정도 바람직한 태도라고 평가받을 만했다. '아는 것이 빙이곡, 몰르는 것이 약인다(아는 것이 병이고 모르는 것이 약이다)' 라는 제주 속담은 우리의 시골 생활에도 여전히 유효하다. 모르기에 기를 쓰고 알고자 하고, 모르기에 당한 줄도 모른 채 위기를 넘기기도 하고, 모르기에 때로 저돌적으로 살아갈 수 있는 힘을 얻지 않았을까. 바닥까지 까뒤집어보고서도 우리네 농촌이 살만한 곳이구나 라는 판단이 설 만한 호시절은 그 언제나 오려나.

오고만 싶다면, 와서 알아도 때는 늦지 않으리.

그 정신력이 문제다!

감귤 밭에 미생물 발효 비료를 뿌린다고 나간 남편에게서 들릴 둥 말 둥 불안스러운 전화가 걸려온 것이 오후 4시가 다 되어서였다. 오전에 눈을 조금 다쳤는데 오후가 되면서 뜰 수가 없게 아프다고 데리러오라는 것이었다. 허리를 굽혀 비료를 뿌리다가 허리를 폈는데 그 순간 감귤이파리가 눈에 스쳤다는 것이다. 50분이나 되는 거리를 정신 없이 차를 몰고 가 눈도 뜨지 못한 채 눈물만 줄줄 흘리는 남편을 차에 태우고 제주시의 안과 병원을 찾았다.

진단 결과는 각막 손상. 1주일 정도 치료하면 그건 문제가 될 게 없으나 우려되는 것은 곰팡이 균 감염이란다. 보통 식물에는 곰팡이 균이 자생하는데 그것이 손상된 부위에 감염되면 최악의 경우 실명에까지 이른다는 경고에 그만 아연실색하지 않을 수 없었다. 식물에 찔렸을 때 괜찮겠지 하고 방심하다가 최악의 상태에 이르는 농부들이 적지 않다는 이야기였다. 차라리 쇠나 돌에 다치는 것이 오히려 안전할 수 있는 이유가 그것이라면서 의사는 다치자마자 병원에 왔어야 했다고 나무라는 것이었다.

사실 의사가 나무라기 전에 아내인 내가 먼저 따져 묻고 싶은 것이 바로 그 대목이었다. 아직 일에 서툴러서 종종 다치거나 병이 나는 남편은 늘 상황을 악화시킨 다음에 내게 말하거나 의사를 찾기 때문이다.

잔뜩 겁을 먹고 집으로 돌아오는 길, 지난 번 허리를 다쳤을 때의 이야기가 당연히 되풀이될 수밖에 없었다. 마을 이장네 비닐 하우스에 비닐 씌우는 일을 아침 일찍 도와주러 간 남편이 오전 11시가 다 되어 죽어 가는 목소리로 전화를 했다.

허리를 다쳐 꼼짝할 수 없으니 데리러 오라는 거였다. 부리나케 달려가 75도 정도로 꺽인 허리를 펴지도 못하는 남편을 데리고 면 소재지 병원을 찾았다. 아침에 일을 시작하자마자 무거운 비닐 롤을 들다가 허리를 삐끗했다는데 괜찮겠지 하고 일을 계속했다는 것이었다. 다치자마자 응급처치를 해도 시원찮을 상황에서 두 시간이나 더 일을 했으니 일주일 가까이 허리보전을 해야 했다. 들어올려야 할 무거운 것이 많고도 많은 농사일, 지금도 남편은 허리 통증에 시달릴 때가 많다.

항상 문제가 되는 것은 바로 남편의 정신력이다. 다쳐도 버틸 때까지 버티고 아파도 견딜 수 있을 때까지 견디니 병만 키울 뿐이라고 아무리 말해야 결과는 늘 같다. 다행히 우려했던 감염 사태는 피할 수 있어 일주일만에 완전 회복이 되었지만 그 사이 감염됐을까 마음 졸이는 한편 밀린 농삿일 걱정하는 남편 때문에 속 상했던 것은 이루 다 말할 수가 없다.

남편이 다쳤다는 소식을 듣고 가깝게 지내는 영삼 씨가 위로한답시고 전화를 걸어왔는데, 자기도 이틀 전에 트랙터에 다리가 감겨 들어가 허벅지를 열일곱 바늘이나 꿰매고 누워있는 중이란다. 누워있으니 집사람이 이것저것 병 수발을 어찌나 잘 들어주는지 낙원이 따로 없다는 객쩍은 농담 끝에 배추 수확이 늦어져서 큰일이라고 걱정을 보탰다. 누우나 서나 그저 일밖에는 생각 않는 이 우직한 농부들, 콧등이 시려 한동안 말을 잊었다.

가진 것은 오로지 몸뚱이 하나, 온갖 위험이 도사리고 있는 한데가 일터인 농부들이여, 제발 강인한 정신력을 버리고 엄살들 피우시라.

얼굴도 모르는 그대에게

농사를 짓기 시작한 이래로 12월에서 1월에 걸친 기간은 늘 동동 걸음을 쳐야 하는 날들의 연속이다. 이른 아침부터 감귤을 따줄 일꾼을 실어 나르고, 감귤을 따고, 아침 간식을 준비하고, 모자란 일손을 대신해 감귤 바구니를 나르고, 점심을 준비하고, 다시 일을 하고, 일꾼들을 집까지 데려다주고, 집으로 돌아와 늦은 저녁을 차린다.

시장기가 지나쳐 오히려 밥맛을 잃은 저녁상을 밀쳐두고 그 날 주문 들어온 택배 물량을 챙겨 발송장을 정리한다. 불경기 탓인지 주문량도 예년 같지 않아 자정 전에 일이 끝나는 날이 많긴 하지만 그래도 일은 늘 벅차다. 인터넷 전자우편을 통해 들어온 주문서에는 답장도 써줘야 한다. 그나마 답장을 쓸 여유를 갖는 날은 행복하다.

얼굴도 알지 못하는 소비자에게 오늘 제주 날씨가 어땠는지, 일을 하면서 무슨 생각을 했는지, 때로는 편지를 쓰듯 때로는 얼굴을 마주하고 앉은 듯 미주알고주알 살아가는 이야기를 적기도 한다. 한번은, 칼바람 부는 감귤 밭 한 모퉁이에서 일꾼들과 돼지 뼈를 넣어 끓인 김치찌개로 점심을 먹었다는 이야기를 썼더니 날아온 답신은 이랬다.

'하는 일은 고되시겠지만 그 맛은 세상 천하 일미였겠군요. 저도 진한 육체노동 뒤에 그런 밥상을 대하고 싶네요'.

입덧이 심했던 작년 이맘때 우리 감귤을 먹으며 겨우 연명(?)했다며 아직 솜털이 뽀송뽀송한 갓난아이 사진을 보내오는 소비자도 있고, 우리 감귤이라면 자다가도 일어나 먹는다는 먹보 딸 사진을 보내오는 소비자도 있다. 이런 소비자에게는 더더욱 답장을 빠뜨릴 수 없다.

'아들만 둘인 제게 이렇게 어여쁜 딸 사진을 보내시는 건 고문(?)이랍니다. 잘 키우세요. 인연이란 모르는 거잖아요'.

크리스마스가 지나는지 새해가 오는지 감흥도, 설레임도 느낄 새 없는 우리에게 앙증맞은 카드를 보내주는 이들도 모두 얼굴 모르는 소비자들이다.

하루하루가 고만고만한 나날들. 몸뚱이는 지치고 마음도 쪼그라들기 일쑤지만 그래도 가끔 나는 그 삭막하다는 인터넷 공간에서 맑은 샘물을 길어 마시며 원기를 보충하고 있는 셈이다.

얼굴도 모르는 그대들이 있기에 우리는 더더욱 열심히 정직하게 농사를 지을 것이며, 그대들은 우리에게서 마음놓고 건강한 먹을거리를 얻을 수 있으리라는 서로의 믿음이 더욱 단단해지는 한 해가 되기를 소망한다.

희망까지 무너지랴

설 연휴 때 내린 지독한 폭설이 결국 흔적을 남기고 말았다. 눈이 퍼붓던 며칠 동안 제발 아무 일 없기를 그토록 간절하게 바랐건만 솜이불처럼 눈을 푹 뒤집어쓴 복분자 밭 비닐 하우스가 그 무게를 견디다 못해 무릎을 꺾고 만 것이다. 가서 보니 적수를 만나 무릎을 꿇어버린 패잔병처럼 온 골조들이 푹 꺾여 지붕은 이미 땅에 닿아 있었다.

자식 가운데 가장 체력이 딸리고 병치레가 잦은 자식에 부모의 마음이 쏠리듯 복분자 밭 비닐 하우스도 제대로 지은 하우스가 아니었기에 늘 우리 부부는 불안했었다. 감귤 하우스가 아닌 농수산 하우스로 지은데다 그것마저 중고 자재들로 우리끼리 만든 하우스였기 때문이다. 태풍이 올라오면 날아갈까, 폭설이 내리면 무너질까 늘 마음에 끼인 자식과도 같았던 그것이 이제는 정말 무너져버린 것이다.

한 해 참깨를, 또 한 해 감자를 심고 거둔 그 밭에 복분자를 심은 건 작년 2월이었다. 참깨로도 감자로도 땡전 한 푼 남기지 못한 서투른 농사를 자책하며 건 새로운 희망이었다. 감자를 수확하고 복분자를 심기까지 기다리는 동안에도 폭설이 두어 번 내렸다. 그때마다 작물이 없는 빈 밭에 장작불을 놓아가며 비닐 하우스 위에 쌓인 눈을 녹였다.

아홉 동(棟) 비닐 하우스 곳곳에 장작불을 피우는 짬짬이 눈을 크게 뜨고 보면 달래며 냉이가 지천이었다. 제초제는 물론 화학비료나 농약 한 번 써보지 않은 밭이라 냉이는 네 쪽으로 갈라 무쳐 먹어야 할 만큼 탐스러웠고 달래는 어찌나 향이 강하고 매운 맛이 혀를 찌르는지 양을 잘 조절해서 음식에 넣어야 할 정도였다. 그 뿐인가. 말간 얼굴을 쏙 내밀고 있는 여린 쑥은 된장 풀어 국 끓이면 맛이 그만이었다.

그러나 비닐 하우스 지켜내기가 즐겁기만 했을까. 태풍이 온다면 그 장대비 속에 부부가 하우스에 올라 거미처럼 달라붙은 채 하우스 지붕 비닐을 묶고 또 묶어야 했다. 제대로 만든 하우스라면 그렇게 어렵지도 않을 것을, 일부가 이미 파손돼버린 지붕에 올라 비닐을 접어 올리기란 얼마나 힘든 일이었는지.

그 무거운 눈을 인 채 제 풀에 꺾여 무너진 하우스를 보며 어떻게 세울까, 철거해야 하나, 다시 지어야 하나를 고민하기도 전에 내 눈에 들어온 건 아직도 숨이 끊어지지 않고 가지를 늘어뜨린 복분자 나무들이었다. 비닐 하우스가 무너진들 희망까지 무너지랴. 무너진다면 그것은 결코 희망이 아닐진대.

삼나무에 꽃바람 부는 달

인디언들은 2월을 일러 '물고기가 뛰노는 달, 홀로 걷는 달, 삼나무에 꽃바람 부는 달'이라 했단다. 어느 새 2월도 반절을 훌쩍 넘기고 있다. 거울을 보니 귀밑머리가 또 하얗게 번져온다. 해가 바뀌고 사나흘만에 염색을 했으니 겨우 한 달을 넘기가 무섭게 흰머리가 쑥쑥 밀고 올라온다.

나이보다 이르게 번진 흰머리가 멋있다는 후배도 있고, 염색약이 몸에 해로우니 그냥 살라는 친구도 있고, 무엇보다도 남편이 흰머리 따위에 뭐 신경 쓸 일 있느냐고 해서 지난해에는 정말이지 머리에 내린 흰 서리를 그대로 뒤집어쓰고 살았더랬다.

그랬더니 밖에만 나가면 만나는 사람마다 나이가 몇이냐, 너무 나이 들어 보인다, 혈색마저 나빠 보인다고 말을 붙이는 바람에 그 스트레스도 만만치 않아 올해 들어 결연히 염색을 하고 말았던 것이다. 겨우 한 달을 감추자고 한 시간 너머 시간을 투자해가며 적지 않은 돈 들여 염색을 했던고, 맥이 빠지고 말았다.

올해 내 나이 마흔 셋. 아직도 나는 내 나이가 낯설 때가 많다. 서른을 넘기고 마흔 줄에 발을 담그기 전까지만 해도 하루가 이리 빠르고 한 달이 이리도 눈 깜짝할 새 없이 지나갈 줄을 몰랐다. 나이를 되새기고 있기에는 일상이 너무 바빴고 내게는 해야 할 일이 너무 많았다. 지금도 일상이 바쁘고 할 일이 많은 것은 마찬가지지만 느낌이 확연히 다르다. 뒤꽁무니에서 누가 쫓아오기라도 하듯 하루가 밀물 빠지듯 쉴새없이 바뀌고 가끔씩은 이러다가 어느 날 눈을 떠보면 호호백발이 되어 있을 것 같은 기분마저 든다.

생각해보니 이런 증상은 해가 바뀌고 나서 얼마동안 더 심각해지는 것 같다. 한 살 더 먹은 나이에도 적응할 시간이 필요한 것인지 새봄이 다 지나가도록 시간에 대한 열병을 앓아온 지 몇 년이 된다.

올해도 역시 그럴 것인가. 올레의 찔레꽃 덤불에서 소복한 여인네와 같은 찔레꽃이 가득 피어나고, 왕벚꽃잎 봄비에 날리고, 지나는 길마다 유채꽃 흐드러지도록 나는 오래도록 내 나이에 대한 적응기간을 거쳐야 할 것 같다.

인디언들이 이르기를 이제 다가올 3월은 '한결같은 것은 아무 것도 없는 달' 이며, 4월은 '머리 밑에 씨앗을 두고 자는 달' 이며, 5월은 '오래 전에 죽은 자를 생각하는 달' 이라 했으니 나도 온몸으로 자연의 흐름을 받아들여야 할 준비를 해야 하리라. '무소유의 달' 12월은 또 다시 찾아오려니. 나이를 먹어갈수록 맑은 눈과 아름다운 입과 부지런한 손을 갖고 싶은 소망뿐.

이가 없으면 잇몸으로

나는 전자제품을 포함한 모든 기계들과 친하지 않다. 딱히 두렵다고까지 말하긴 뭣하지만 때론 싫기도 하다. 친하지 않기 때문이다. 게다가 천성이 게을러서 쓰던 것이 고장났다고 해서 재빨리 고치거나 새로 사는 법도 없다. 버틸 때까지 버틴다. 물론 불편하기 짝이 없다.

일단 기계의 비위를 맞춰가며 조심조심 쓰는 수밖에 없다. 당연히 신제품이나 복합기능 따위에도 관심이 없어 내가 지닌 기계나 기기들은 모두들 한계 수명을 향해 달음박질치고 있는 것들이 대부분이다. 그래서인지 한가지가 고장을 일으키면 덩달아 망가지는 불상사를 가끔 경험하곤 한다.

만 3년을 쓴 휴대전화의 액정화면이 갑자기 사라져 버렸다. 문제는, 액정 화면이 사라지기 전 볼 일이 있어 벨소리를 무음으로 전환시켜 놓은 것이었다. 화면이 죽어버렸으니 다시 벨소리로 전환할 수도 없고 그러니 전화가 와도 받을 수가 없는 것이다. 고치자니 7만원을 달란다. 거기에 덧붙이는 말, 고쳐봐야 얼마 쓰지 못할 거란다.

며칠을 휴대 전화 없이 버텼다. 감귤 판매가 마감된 뒤였기에 가능한 일이었다. 전화기 안에다 저장만 시켜놓고 따로 적어놓지 않은 전화번호를 모두 날려버린 상태인데다 외우고 있는 번호도 몇 개 되지 않아 필요한 연락을 취할 수 없는 경우도 있었다. 불편했지만 견딜 만했다. 그러나 며칠만에 새 것으로 장만할 수밖에 없었던 것은 내가 불편해서라기보다 남에게 미안해서였다.

어느 날 아침, 갑자기 텔레비전이 먹통이 돼버렸다. 큰 아이가 유치원에 들어가기도 전에 산 것이니 오래 쓰기는 쓴 것이었지만 얼마 전에도 고장이 나서 거금 4만원이나 들여 수리를 하지 않았던가. 새 것을 살까 중고품을 살까 한참을 망설였다. 결국 가족의 시력보호를 위해 새 것으로 샀다.

그러고도 모자라 얼마 전에는 차의 시동이 걸리지 않는 것이었다. 어찌어찌 하여 겨우 정비공장을 찾아가 배터리를 교환할 수 있었다. 문제는 그 뒷날, 차의 시계와 오디오 기능이 모두 멈춰 버린 것이다. 제 아무리 만지작거려 보아도 감감 무소식. 시계는 안 보고 오디오는 안 들으면 되지 싶어 그냥 버티기로 했다. 이것은 나만 불편하면 될 일이지 남에게 불편을 끼치는 일이 아니므로.

현재 시각보다 정확하게 3시간 2분 느리게 가는 시계에 라디오도 테이프도 들을 수 없는 오디오. 남들보다 3시간 2분의 여유가 내게 더 있는 것 같은 착각도 때로는 유쾌하다. 노래가 듣고 싶어지면 직접 부르거나 동승자를 시키면 될 일이다. 시대에 뒤졌다고 해서 즐거움이 덜 한 법은 결코 아니다.

갈아엎는 달, 4월

몇 날을 감기 몸살로 갱신을 못하였다. 복분자 밭에서 마신 흙먼지가 너무 과했던 모양이었다. 뼈마디가 쑤시고 머릿골이 무거워 한 이틀 동안은 세상 모르게 잠만 잤다. 금슬 좋은 부부, 아내 입덧을 남편이 대신 한다던데 감기도 그러나? 용케 버티던 남편마저 감기를 옮아 사이좋게 약을 나누어 먹어가며 둘이서 끙끙 앓고 나니 4월이 코앞이다.

보름 가까이를 과수원에 발을 들여놓지 못했으니 남편은 누워서도 자나깨나 과수원 걱정뿐이다. 전정은 언제 다 하고 봄 비료는 언제 다 주나 머릿속이 복잡한 눈치다. 감기는 비록 동시에 앓았지만 누워서 하는 생각은 같지 않아서 나는 그저 이러다가 올 봄 텃밭 농사를 또 망치면 어쩌나 하는 걱정뿐이다. 풋고추며 상추며 오이 등속을 올해는 정말이지 돈주고 사다먹는 일이 없어야 하는데 아직 밭도 갈아놓지 않았으니 걱정이 태산이다. 내가 손으로 일구지 않으려면 남편이 경운기로 갈아줘야 할텐데 저리도 일이 잔뜩 밀렸으니 결론은 둘 중의 하나다. 올해도 텃밭 농사를 포기하거나 내가 곡괭이로 일구거나. 얼추 꾀를 부린다면 방법이 한 가지쯤 더 있을 수 있겠다. 비닐 하우스 감귤 묘목 아래 이것저것 올망졸망 심어보는 수밖에.

사실 처음 농사를 시작하던 해만 해도 백 평도 안 되는 텃밭 정도야 누구나 손으로 하는 일인 줄 알았다. 쇠힘줄보다 더 질긴 잡초를 우격다짐으로 뽑아내고 삽과 곡괭이로 대강 밭을 정리한 다음 호미로 씨앗을 심기 좋게 다듬는 일을 대신해 줄 기계가 있다는 것을 미처 알기 전이었다.

빼뚤빼뚤한 밭이랑에 싹을 틔워 올리던 그 해 봄날 쑥갓의 연둣빛은 얼마나 고왔던고. 아침저녁으로 물 조리개로 물을 뿌려주면 다음날 아침에는 손톱만큼씩 더 자라있는 것만 같아 얼마나 가슴이 뛰었던지. 내가 게을러지기 시작한 것은 우리 부부가 사나흘을 공들여야 하는 일을 경운기로 몇 분이면 해치울 수 있다는 사실을 알게 됨과 동시에 우영에 비닐하우스가 생기고부터였다. 남편이 바빠서 밭을 갈아줄 시기를 놓쳐 버린다 해도 비닐 하우스 한 구석에 심어먹으면 되지 싶었고 그마저도 차일피일 미루다가 이도저도 다 포기하게 되는 상황에 이르게 된 것이었다.

이참에 경운기 다루는 법을 배워볼까나. 아니다. 경운기 운전법 배우느라 발뒤꿈치만큼 남은 이 아까운 봄날 다 날아갈라. 소리도 없이 봄비가 내리고 난 뒷날 호미를 의지 삼아 다시 한번 도전해보는 것이다. 처음처럼.

그 전에 서귀포 오일장에 나가 고추와 오이와 상추 모종을 사와야겠지. 방울토마토도 몇 놈, 가지도 몇 놈 골라와야지. 바야흐로 '갈아엎는 달 4월' 이다.

아름다운 '살림'

건너편 집 지붕을 보니 어느덧 고사리 철이 왔음을 알겠다. 파란 슬레이트 지붕 세 군데에나 나물 건조망이 널린 걸 보니 머잖아 건너편 집 안주인은 아침 동이 트기도 전에 고사리를 꺾으러 제주 섬 온 들판으로 발품을 팔러 다니실 게다. 고사리뿐인가. 둥굴레도 널리고 이름도 알 길 없는 온갖 나물이 저 파란 지붕을 덮을 것이 분명하다.

내가 작년부터 주중에 기거하는 제주 시내 집은 말만 제주시내일 뿐 아직도 농촌의 모습이 비교적 많이 남아있는 곳이다. 특히 내가 살고 있는 집과 길을 사이에 두고 마주 보고 있는 건너편 집 덕분에 농촌의 분위기가 그대로 살아있는 느낌이다.

한번도 드러내놓고 인사를 갖춘 적은 없지만 그 집엔 부지런한 노부부와 역시 부지런하고 힘이 센 아들이 산다. 작년 봄 안주인은 거의 하루도 거르지 않고 아들의 트럭을 타고 아침 일찍 길을 나섰다. 대여섯 시쯤 돌아오는 안주인의 등짐은 보기에도 너무 무거웠다.

이튿날 아침 위태롭게 지붕에 걸쳐진 사다리를 타고 나물 건조망에 고사리를 펴 밀리는 이는 영삼님이시다. 날씨가 꾸물거리다가 비라도 한 줄금 떨어지는 날, 빨래를 걷으면서 건너다보면 이미 지붕 위의 고사리는 깨끗하게 치워져 있다.

물론 고사리 말리기말고도 영감님의 일은 따로 있다. 집 옆으로 죽 잇대어진 비탈에 영감님의 한우 축사가 있다. 작년 봄 두 마리의 탐스런 송아지가 축사밖에 나와 달음박질하며 노는 양을 심심찮게 볼 수 있었다. 하루에 몇 끼를 챙겨주는지는 자세히 보지 못했지만 어미 소와 송아지들 건사가 영감님의 가장 중요한 업무인 것만은 분명했다. 우영의 조그만 감귤 밭 모서리를 빙 둘러 만든 견사에는 적지 않은 견공들이 살고 있어 이 또한 영감님이 건사해야 할 목숨들이다.

고사리 철이 지나고 나면 안주인은 한우 축사 바로 아래 비탈에 마련한 손바닥만한 밭농사에 열중한다. 상추며 배추며 옥수수며 고추며 무며 깻잎이며 파, 마늘까지 그 손바닥만한 밭엔 없는 것이 없다. 초 여름날 한낮에 며느리인 듯한 젊은 댁이 풋풋한 상추를 한 소쿠리 뽑아 집으로 들어가는 것을 보고있자니 내 입에 군침이 고였다.

나는 건너편 집 노부부의 사철 노동의 일상에서 제주의 거의 모든 것을, 아니 제주의 가장 소중한 것을 엿보곤 한다. 자투리 땅 한 뼘에서도 풍성한 생명을 가꿔내는 저 '살림'의 위대함, 그 아름다움이야말로 제주의 속살이 아니겠는가.

서귀포 이왈종

立春儀禮

오가다 남의 집 마당에, 지붕에 해바라기를 하고 있는 고사리를 부러운 눈으로 보고 지나칠 수밖에 없는 것이 도무지 고사리 꺾으러 갈 짬이 안 나는 거였다. 요즘 들어 건강이 시원찮은 남편의 일을 거들어줄 시간도 내기 어려운 마당에 언감생심, 봄볕 아래 한가하게 들판을 헤맬 시간이 어디 있단 말인가. 그래도 내 집에만 봄이 오지 않은 듯한, 뭔가 봄이면 치러야 할 것을 건너뛴 듯한 서운함은 떨치기 어려웠다.

지난 일요일은 본격적인 판매를 앞두고 감귤즙 포장하는 일이 바빴다. 비가 세차게 내리기 시작했으나 창고 안에서 하는 일이라 날씨로 탓을 돌리고 쉴 수도 없는 노릇이었다. 가물었던 날씨였으니 한번은 왕창 쏟아질 줄 알았으나 슬쩍 몸에 떨어진 빗줄기가 어찌나 굵은지 얼얼할 정도였다. 날이 궂으니 일찌감치 일을 걷어버린 이들이 자연스럽게 우리 과수원 창고로 하나 둘 찾아들었고 그들 덕분에 감귤 포장은 쉽게 끝날 수 있었다.

봄비가 오시는데 그것도 앞이 보이지 않게 쏟아지는데 소주 한 잔이 빠질쏘냐. 가까이 사는 이의 집에들 모여 삼겹살을 굽느니, 술잔을 돌리느니, 늦은 점심을 먹느니, 날씨 덕분에 엎어졌다, 엎어진 김에 잔치를 치르는 꼴이었다. 고픈 배를 채우고 나니 문득 이러고 있을 때가 아니구나 싶었다. 짬이 없어 꺾지 못했던 고사리 생각이 치밀어 오른 까닭이었다.

우산을 받치고 그 집 둘레를 돌기 시작했다. 처음에는 눈에 뵈지 않던 고사리가 여기저기서 비를 맞고 있는 게 차츰 눈에 들어왔다. 그 동안 목도 말랐으리라. 사람 손을 타지 않은 곳에 난 고사리는 거짓말 조금 보태자면 어린 아이 새끼손가락만큼이나 굵었고 키는 두 뼘이나 되었다. 강태공의 손맛에나 비길 만한 짜릿한 흥분을 맛보며 고사리를 꺾는 동안 우산을 벗어난 내 몸통의 반절은 비에 흥건히 젖었다. 그래도 좋았다.

뒤미처 따라나온 남편까지 합세해서 한 시간 남짓 꺾고 보니 우리 식구 두어 끼 반찬 해먹을 정도는 족히 되었다. 한 줌은 묵은 김치 숭덩숭덩 썰어 넣어 부침개 해먹고, 또 한 줌은 조기매운탕에 넣어 자작자작 끓이고, 그래도 한 줌 남거들랑 갖은 양념 곁들인 삼겹살과 한데 섞어 버무려두었다가 쪄내볼까. 속옷까지 다 젖는 바람에 온몸은 사시나무 떨 듯 떨면서도 입안에는 군침이 고였다.

히터를 켜고 돌아오는 길, 이제야 올 봄치레는 겨우 했구나 싶었다. 햇고사리 반찬을 두어 젓가락 먹어야 봄치레를 하는 것 같고, 빨랫줄에 갈옷이 붉게 익어가야 여름살이를 한 것 같으니 이 주제에 못 미치는 마음의 사치여.

돌아온 보배

얼마 전 개장수에게 줘버린 조폭 두목(?), 보배가 돌아왔다. 돈도 받지 않고 이웃 마을에 사는 개장수에게 딸려보냈는데 어떻게 길을 찾아 돌아온 것일까. 개를 여러 마리 키우다보면 사람 못지 않게 나름대로 개성(個性이라 해야되나, 犬性이라고 해야 하나)이 있음을 알 수 있다. 게다가 자라온 환경에 따라 그것이 결정된다는 점에서도 사람과 꼭 닮아있다.

보배는 원래 주인 부부가 이혼하는 바람에 임자 없는 개로 떠돌다가 어찌어찌 우리 집까지 흘러 들어와 3년 가까이 우리 집 밥을 먹었으니 눈치에는 도가 튼 개다. 사람에게 살갑게 굴지도 않으면서도 욕심은 많은데다 대체적으로는 소극적이지만 어떤 부분에서는 지극히 공격적인 성미여서 깊은 정을 들이기가 어려웠다. 게다가 우리 집 터주대감인 진돗개 백송이와 어찌나 날이면 날마다 싸워대는지 그 둘의 교통정리만도 머리가 아픈 일이었다.

지난 여름 우기에 백송이와 며칠 차이로 새끼를 낳게 되었을 때의 일이다. 개집에 비가 들이칠 것 같아 창고 문을 열어 거기에서 해산을 하게 했는데, 백송이보다 며칠 뒤에 몸을 푼 보배의 앙탈이 보통 심한 것이 아니었다. 날마다 여섯 마리 새끼를 끼고 젖을 먹이고 있는 백송이 곁을 맴돌면서 위협을 가하는가 하면, 백송이가 잠시 자리라도 비울라치면 그 새끼들을 물어다 다른 자리에 옮겨다 놓는 거였다. 자기 새끼들은 창고 가장 안쪽 보이지 않는 곳에 건사해두고는 맨날 백송이 가족을 괴롭히는 꼴이 동네 불량배 수준을 넘어 조폭에 가까웠다.

몇 날 며칠 우여곡절 끝에 결국 보배는 다섯 마리나 되는 백송이의 새끼들을 물어 죽이고 말았다. 피멍 든 새끼 한 마리만 달랑 데리고 백송이는 허무하게 창고를 벗어날 수밖에 없었다. 뒷날 창고에 가보니 세상에, 백송이가 누웠던 자리에 보배가 여섯 마리의 새끼를 끼고 누워있는 게 아닌가. 그토록 백송이 자리가 욕심났단 말인가.

어린 시절, 아랫목을 차지하려드는 우리들에게 늘 친정어머니가 하셨던 말씀이 생각났다. '거기가 개 새끼 난(낳은) 자리냐? 왜 한번 앉으면 양보들을 안 하는 거냐?'

솔직히 이래저래 마땅찮은 보배가 돌아온 것이다. 그래도 반가워 몸을 쓰다듬어보니 뱃구레가 묵직하다. 정녕 보배는 새끼 난 자리를 찾아온 것일까. 새끼 배어 돌아온 보배, 그 피비린내 나는 자리다툼을 다시 보기 전에 백송이의 가족계획부터 시켜야 하리라.

그래도 믿을 곳이라고는 우리 집뿐이라는 듯 먼 길을 되짚어왔으니 그 산바라지 해 줄 사람은 나밖에 없지 않은가.

껍데기의 사랑

이삼일 걸러 하루씩 비가 오는 날의 연속이라 미뤄두었던 일이 여간 많은 게 아니다. 게으름 피우는 데에 날씨 만한 핑계가 어디 있으랴. 며칠만 게을러도 일거리가 밀물처럼 밀려오는 것이 살림 사는 일이라 햇살 넉넉한 날, 마음먹고 일을 벌이기로 했다.

일단 이불 세 채를 뜯었다. 손으로 애벌빨래를 한 뒤 세탁기를 돌리는 사이 네 식구 옷 정리를 시작했다. 한번도 입지 않고 해를 보낸 옷도 꽤 되었다.

한 사람이 살아가는 데 이렇게 많은 옷이 필요하기나 한 걸까. 이름난 멋쟁이도 아니고 돈이 넘쳐나는 것도 아닌데 웬 옷은 이리도 많을꼬. 그런데도 번번이 입으려면 마땅하게 입을 게 없으니 이 무슨 조홧속인지 알다가도 모르겠다. 일손을 거들던 남편이 한마디한다.

"1년 동안 필요하지 않았다면 없어도 좋은 것 아니야? 이참에 정리할 건 해버리지 그래?"

맞는 말이다. 사계절 지나도록 없어도 그만이었다면 그것은 필수품이 아닐 터. 용기를 얻어 구조조정을 하기로 마음먹는다. 큰놈에게 작은 옷은 작은 놈 서랍으로, 작은놈에게도 작은 옷은 남편의 서랍으로, 남편에게 작은 옷은 재활용품 상자로 이동 시작! 남편의 표정이 순간 일그러진다. 하지만 말이 없다. 지금 당장 자기가 입고 있는 옷도 작은놈이 작아서 못 입는 옷이라는 것을 잘 알고 있기 때문이다. 그래도 자기 눈으로, 작은놈의 겨울옷이 대거 자기 서랍으로 이동하는 것을 보노라니 좀 씁쓰레한 모양이다.

이제 우리 나이가 그렇게 되었다는 뜻이리라. 각각 275mm와 270mm를 신는 두 아이의 헌 신발은 이제 남편도 신을 수 없다. 260mm인 남편의 발은 더 이상 자랄 나이를 잃은 탓이다. 한때 우리 집에서 가장 큰 키를 자랑하고 가장 힘이 셌던 남편은 이미 그 자리를 두 아이에게 넘겨준 지 오래다. 형광등을 바꿔 단다거나 높은 곳의 물건을 꺼내야 하는 일은 이제 모두 아이들 몫이다.

아이들이 어릴 적, 내가 보이지 않으면 잘 놀다가도 내가 보이기만 하면 우는 꼴을 보고 어머니는 '껍데기 찾는구나' 하셨었다. 그때 그 말뜻을 헤아리기에는 나는 너무 젊었었다. 이제야 비로소 껍데기로 남은 우리 부부의 모습을 본다.

하지만 껍데기로 남아서 서럽기보다는 우리 부부를 껍데기 삼아 빠져나간 알맹이들이 너무도 기특하고 애틋하기만 하다. 그 알맹이들이 다시 껍데기가 되는 날 그 속에서 빠져 나온 알맹이들은 또 얼마나 소중할 것인가. 이제는 내리사랑이 무엇인지도 미리 알 것만 같다.

서귀포

'썩어도 준치'의 교훈

초여름 즈음, 맛이 오른 준치를 맛깔진 양념장에 자글자글 지져 놓으면 밥도둑이 따로 없다. 다만 한 가지, 준치를 먹을 때는 한눈을 팔거나 긴장을 풀어서는 안 된다. 준치의 흰 속살 사이사이에 촘촘히 박힌 잔가시 때문이다.

그러나 전해오는 이야기에 따르면 준치는 처음부터 가시가 많았던 것은 아니었단다. 맛 좋기로 이름 난 생선이라 사람들이 워낙 준치만을 찾는 통에 준치 우두머리가 사람들이 씨를 말리기 전에 무슨 용단을 내려달라고 용왕께 빌었더란다. 용왕은, 먹기가 귀찮고 잘못 먹다 목에 걸리면 사람들이 안 잡겠지, 생각하고는 준치 몸에 엄청나게 많은 잔가시를 품게 했다. 그러나 준치 맛을 잊지 못하는 사람들은 준치 잡기를 그치지 않았으니, 여기에서 유래한 것이 '썩어도 준치'라는 말이란다.

생뚱맞게 준치 이야기를 길게 늘어놓는 것은 순전히 카나리 야자나무 가시 때문이다. 집 마당에 턱 버티고 선 암·수 두 그루의 카나리 야자나무의 이파리를 가지런히 자르는 일은 일년에 한두 번 내가 도맡아 해오는 일인데 늘 그 이파리 끝에 달린 뾰쪽한 가시 때문에 여간 신경이 쓰이는 게 아니었다. 이웃 사람들이 그 가시에는 독이 있어서 한

번 찔리면 퉁퉁 부어오르거나 시퍼렇게 멍이 든다고 일찌감치 경고를 주었던 터였기에 톱질을 할 때마다 한껏 몸을 사리는 수밖에 없었다.

그러면서도 늘 속으로는 '장미도 아닌 것이, 준치도 아닌 것이 웬 가시람!' 하고서 비웃었다. 지켜야 할 탐스러운 꽃을 피우는 것도 아니고, 천리에 뻗치는 향기를 품은 것도 아니면서 이파리 가장자리에 쪼르륵 가시를 달았으니 내게 흉이 잡힐 만도 했다.

그런 내 속내를 꿰뚫어 보고나 있었던 것일까? 며칠 전 카나리 야자나무를 전정하다 그만 굵은 가시 하나가 손가락에 박히고 말았다. 가시가 박힌 손가락 전체가 붓고 얼얼한 것이 하루가 지나도 가라앉질 않아 더럭 겁이 났다.

여느 가시처럼 바늘로 빼볼까 싶어 이를 악물고 시도했지만 요지부동. 결국 병원에 가서 손가락에 마취까지 하고서 15분 정도 실랑이를 한 뒤 가시는 뽑혔다. 상처가 아문 지금도 그 언저리를 만지면 아플 정도니 속으로 비웃은 값을 톡톡히 치른 셈이다.

꽃이거나 향기거나 열매거나 눈에 보이는 것만 지킬 가치가 있을 것인가. 내가 보지 못하는 것일 뿐, 그토록 무서운 가시로써 지켜야 할 그 무엇이 있어서겠지. 아니면 나처럼 톱을 들고 달려드는 사람 손을 피하고 싶어서였겠지. 준치처럼. 호되게 당한 끝에 내가 고쳐먹게 된 생각이다.

서귀포

'곶 됴코 여름 하나니'

열심히, 잘 짓는 농사는 아니지만 농사일을 하다보면 이 세상에 수월한 일은 하나도 없다는 생각이 절로 든다. 비료를 뿌리는 일이나 소독을 하는 일이나 풀을 뽑는 일이나 하다 못해 더러워진 컨테이너 바구니를 씻어 나란히 보관하는 일까지 쉬운 일이 없다.

감귤농사만 짓는다면 그래도 나은 편이다. 문제는 밭농사다. 시기를 놓치면 안 되니 늘 신경을 곤두세워야 하는데다 여름에는 더워서 힘들고 장마철에는 비가 와서 힘들고 겨울에는 추워서 힘들다. 일손이 필요할 때 사람을 척척 구할 수 있다면야 어려움은 반절로 줄어들 것이다.

엄살 같지만 이렇게 힘든 농사일을 하면서도 그나마 위안을 얻는 때가 있으니 열매를 수확할 때이다. 수확한 농산물을 판매하면서 겪게 되는 실망감이나 좌절감이 나를 기다리고 있음을 뻔히 알면서도 수확하는 일만큼은 즐겁고 고맙고 행복한 일이다. 마치 토실토실 잘 자라고 있는 아기를 목욕시키면서 '이렇게 잘 자라고 있구나.' 감동하는 기분이라고나 할까.

천 평 좀 못 되는 땅에 복분자를 심은 것이 지난 해 2월이었다. 한 뼘 정도 자란 묘목이라 저것이 언제 자라 열매를 맺을꼬, 감귤보다 수

입이 더 좋다는데 어느 세월에 돈을 벌어다 줄꼬 미심쩍기만 했다.

게으른 탓에 제때에 풀을 매주지 못해 거의 풀밭 수준으로 변한 적도 있고, 발효시킨 음식물 비료 속에 들어있던 호박씨가 싹을 틔우면서 사방천지에 호박넝쿨이 뻗어나가 호박밭이 되기도 했다.

결정적으로 지난 설 때 내린 폭설을 이기지 못한 비닐하우스가 무너져 내리고 말았다. 무너진 하우스를 철거하기까지 어찌나 나무들이 시달렸는지 올해 첫 수확이나 할 수 있으려나 싶었다.

그러나 웬걸, 봄이 되니 가지마다 보랏빛 섞인 푸른 잎이 무성하게 돋기 시작했고 머지않아 꽃이 만발하더니 꽃진 자리에 연둣빛 열매가 자리잡기 시작했다.

그것이 분홍빛으로, 붉은 빛으로 햇살과 바람과 비에 익어가더니 까맣게 옷을 갈아입는 게 아닌가. 장갑을 끼고 긴 팔 옷을 입어도 여기저기 가시에 찔리고 풀독이 오른 온몸이 가렵지만 열매를 딴다는 일만큼 행복한 일은 없다.

잘 먹이지도 못하고 잘 돌보지도 못하고 하우스마저 무너져 내렸으나 이만큼이라도 열매를 맺어주었으니 그저 나무가 고마울 뿐이다.

수입이야 애초에 우리가 생각했던 것의 5분의 1 수준에 그쳤지만 어디 농사가 생각대로 보상되는 것이던가. 미처 따지 못한 열매들이 태풍 '디앤무' 탓에 내리는 저 비에 다 녹아버리지나 않을까 걱정이 태산이다.

여름 꽃 산책

올레담을 따라 흐드러지게 피어있는 개망초꽃이, 여름을 향해 한 발짝씩 빠져들고 있는 계절을 말해주고 있다. 내 어릴 적 소꿉놀이할 때 저 꽃은 계란 꽃이었다. 한복판에 노란 꽃술자리는 계란 노른자였고, 가장자리를 빙 둘러있는 흰 꽃술은 계란 흰자였다. 개망초꽃이 많이 피어있는 곳 가까이에 소꿉장난 살림을 차리면 세 끼 반찬을 계란으로 먹을 수가 있었다. 계란 하나 통째로 먹기가 그리도 어려웠던 그 시절 아빠 노릇을 하던, 옥동이라는 남자아이는 지금 어디에서 어떤 모습으로 살고 있을까?

오늘처럼 비가 내리기 시작하고 습도가 높은 날이면 수국꽃의 빛깔이 더욱 진해진다. 처음에는 상아색이었다가 연두색이 좀 섞이다가 어느 날인가부터 파란색 잉크를 물에 엷게 탄 듯한 푸른빛이 살짝씩 드러난다. 장마가 가까워졌다는 신호다. 비가 두어 차례 뿌릴라치면 갓난아기 머리통보다 더 큰 꽃 한 송이 전체가 조금 진해진 하늘색으로 변한다. 한층 더 가까워진 장마철, 이제 순식간에 보랏빛으로 변할 준비를 다 마친 듯 하다. 그래서 이름도 수국일까? 물 먹는 국화. 마시는 수분의 양에 따라 색깔이 변하도록, 누가 저 꽃을 만들었을까?

늘씬한 키에 잎겨드랑이에서 계단을 이루듯 꽃송이를 매달고 있

선키꽃

는 접시꽃.

분홍색은 촌스러운 듯 귀엽고, 귀하디귀한 흰색은 마음 한 구석이 서늘해지도록 아름답고, 깊고 짙은 빨강은 너무나 매혹적이어서 바로 쳐다보기가 겁이 날 지경이다. 어린 날 이웃의 아기 못 낳는 여인에게 동네 아주머니들이 일러주던 비법이 어렴풋이 생각난다. 흰색 장닭에 흰 봉숭아꽃과 흰 접시꽃을 넣어 다려먹으라는, 그런 내용이었던 것 같다. 그 여인이 어느 날 해질녘 우리 집 우물가에 피어난 접시꽃을 보며 왜 빨강으로만 피었느냐고 서럽게 울던 기억도 아련하다. 동네를 다 다녀봐도 흰 꽃을 구하기가 어려웠던 게다. 접시꽃만 보면 흰 꽃은 어디 숨어 피어있나 살펴보는 버릇은 아마 그때부터 생긴 것 같다.

올레를 벗어나 이웃집 울담을 지나 중산간 국도 변에 이르는 해질녘 동네 마실이 이리도 행복한 것은 다 소리 없이 부지런히 피었다가 지는 저 꽃들이 있어서이다.

선돌에서

산다는 것이 무엇인지 새삼스러운 요즘이다. 사람만큼 아름다운 것은 없다고는 해도 뒤돌아서 생각하면 사람만큼 흉측한 것이 또 있을까 싶은 절망감에 치를 떨기도 했다. 사람과 부대끼면서 늘 사람으로부터 위안과 사랑만을 받고 나 또한 그에게 향기만 줄 수 있다면 얼마나 좋으랴. 가까운 거리에서 함께 햇볕을 쪼이고 먹이를 나누던 한 사람을 마음에서 지워야 하는 슬픔을 겪으면서 한동안 산다는 것만큼 허망한 것이 없구나 싶었다. 그래서 시작한 것이 한나절의 외출이었다.

며칠 동안 시내에서의 오전 일이 끝나고 나면 어김없이 차를 몰고 길을 나섰다. 뭔가 상처받은 내 가슴을 스스로 위안해 줄 만한 공간이 필요해서였다. 뙤약볕 아래 오름을 오르기도 하고, 먼 길을 돌고 돌아 시골집을 다녀오기도 하고, 이중섭이 살다간 집 툇마루에 앉아 해지기를 기다리기도 하고, 한라산 자락의 고즈넉한 산사를 찾기도 했다.

그러다가 발견한 곳이 서귀포의 선돌 선원이다. 그렇게 깊숙한 곳에 그렇게 편안하고 정갈하고 아름다운 암자가 숨어있을 줄은 꿈에도 몰랐다. 누군가 지극한 정성으로 닦아놓았을 길을 따라 올라서면 꿈처럼 그림처럼 다가오는 초가집과 그 언저리에 자리잡은 당당한 자태의 적송 몇 그루. 나이를 헤아릴 수 없는 원시림들이 빼곡한 숲길을 따라 조금만 더 올라가면 만나게 되는 법당은 내가 지금까지 보아온 사찰의 법당 가운데 가장 규모는 작았으나 가장 소박하고 가장 맑은 울림을 내 가슴에 선사해 주었다.

아무도 없는 법당 마당에 앉아 햇살을 쪼이는 동안 숲에서 불어오는 바람은 깊고 서늘했으며, 하늘을 나는 이름 모를 새들은 씩씩하고 힘차게 비상했으며, 해는 보이지 않게 서서히 기울며 내 그림자를 바꿔놓았다. 그러는 사이 요동치던 내 맥박도 서서히 가라앉는 듯 했다.

독약을 피하듯 내가 피하고 싶어하는 그 사람 또한 나와 똑같은 마음은 아닐는지, 내가 고통받은 만큼 그 독이 상대에게 돌아가길 내심 바라고 있는 것은 아닌지, 참으로 오랜만에 마음속의 나를 마주볼 수 있었다.

선돌을 내려오는 길, 내 좋아하는 인디언의 기도 한 마디, 흘려두고 왔다. 뒷날 그 길을 되짚어 가며 주워와도 좋으리.

여기 아이를 잠자리에 눕히네
이 아이가 생명을 주는 어머니 대지를 알게 되기를
좋은 생각을 갖고 아이에서 어른으로 자라게 되기를
아름답고 행복한 사람이 되기를
선한 가슴을 갖고 그 가슴에서 좋은 말들만 나오기를
아이에서 청년으로, 청년에서 어른으로 자라게 되기를
그리하여 늙음에 이를 때 모두가 그를 존경하게 되기를
아름답고 행복한 사람이 되기를.

서귀포

가슴 아픈 날의 소망

지난 7월 한 달은 너무나 우울하고 외로웠다. 무척이나 가까이 지내던 지인에게서 받은 마음의 상처라 다 아물기에는 한 달이 턱없이 부족한 시간이라는 건 알지만 그것을 속으로만 삭이자니 날마다가, 매 순간이 힘들었다. 사람의 손톱이 낸 상처는 반드시 흉터를 남긴다고 했던가. 사람에게서 받은 상처를 치유 받자고 또 다른 사람에게 미주알 고주알 털어놓기 싫어 바다로, 오름으로, 산사로, 밭으로 떠돌기를 여러 날. 가슴 속 어디 한 구석이 썩은 들보 주저앉듯 내려 앉아버린 것만 같다.

미친 듯이 밖으로만 돌다가 어느 날 돌이켜보니 정작 내게 필요한 것 하나가 떠올랐다. 책상이었다. 심란한 마음으로 방에 들어섰을 때, 엄숙하리만치 정돈되어 있는 책상 하나, 거기에 앉기만 해도 종잇장처럼 구겨진 마음이 단정하게 펴질 그런 책상 하나, 남에게는 향하지 못하고 나에게로만 쏟아내야 하는 분노와 억제하기 어려운 감정을 차분하게 다스려줄 그런 책상 하나가 지금 내게 절실하다는 것을 깨달았다.

그런 책상이라면 스스로 어쩌지 못하는 속마음을 그 위에 다 뱉어놓아도 받아들여줄 만큼 견고해야 하리라. 나는 그 위에 엎드려 꺼억 꺼억 울기도 하고 결코 부쳐지지 못할 편지를 떨리는 손으로 쓰리라. 그 책상에 앉아 서쪽 하늘을 바라볼 수 있으면 더욱 좋으리라. 뉘엿뉘엿 해가 넘어가는 하늘을 바라보며 들끓던 내 속 또한 그렇게 석양이 지듯 사그라지는 것을 느낄 수 있게끔. 마음이 슬프고, 가슴이 텅 비고, 머리마저 휑할 때 그 책상은 이 지상에서 내가 차지할 수 있는 가장 유일하고도 편안한 자리가 되어주리라. 말로 표현 못할 설움이 복받칠 때 그저 어머니 품에 안겨 서럽게 울던 어린 날처럼 그렇게 책상은 나를 온몸으로 안아주리라.

그 책상에 엎드려 나는 오랜 시간 글을 쓰리라. 사람을 진실로 사랑한 사람과 사람을 거짓으로 사랑한 사람의 운명에 대한 이야기를 쓰리라. 자신의 삶이 귀하고 소중하듯 타인의 삶을 존중할 줄 아는 사람, 슬프고 괴로울수록 투명하게 맑아지는 영혼을 가진 사람에 대한 이야기를 쓰리라. 그러고 난 뒤에야 비로소 내 가슴에 멍든 이 상처가 아물 것만 같다.

내 어린 날 유모와도 같이 내 성장을 지켜봐 주던 것처럼 지금의 내가 어떤 모습으로 나이를 먹어갈지 지켜봐 줄 책상을 하나 갖고 싶다. 사람에 상처받고 난 뒤의 그 허무하고 허탈한 마음을 달래줄, 그래서 다시는 그토록 어리석은 시간을 보내지 않도록 깨우쳐 줄 책상이 하나 있다면 좋겠다.

책상이 아니라면 심지 돋운 연필 한 자루와 누추한 공책 한 권만이라도.

어쨌든 풀은 자란다

더워도 너무 덥다. 부채도 선풍기도 다 소용이 없다. 에어컨이라도 있으면 몰라도 이곳으로 이사 올 때 무슨 필요가 있으랴 싶어 세 대씩이나 되는 창문형 에어컨을 남들 다 주고 왔으니 아쉬워한들 속만 더 끓는다. 그 때 생각에는 바람의 섬이니 기계적인 바람 다 그만두고 오로지 청량한 바람만 쐬어야지 싶었다. 바람의 섬이라고 해서 시도 때도 없이 바람이 부는 게 아니라는 것을 예전엔 미처 몰랐었다.

덥다고 농사일을 멈출 수 있으랴. 제초제 뿌리지 않는 감귤 밭은 바야흐로 잡초들의 세상이다. 가물면 가문 대로, 더우면 더운 대로, 습하면 습한 대로 어쨌거나 풀은 자란다.

특히나 천상풀이라는 놈은 이 무더위와 가뭄 속에서도 숫제 웬만한 감귤나무보다 더 큰 키를 자랑하고 있다. '천상(어쩔 수 없이)' 막 자라는 풀이라서 이름도 천상풀이지 싶다. 위로 솟구치기 시작하기 전에 깎았어야 할 것을 그때는 복분자 따느라 바빠서 방치했더니 이제는 예초기 나일론 줄로는 꿈쩍도 안 하는 지경이 되고 말았다. 하는 수 없이 남편은 30도가 넘는 날씨에도 불구하고 몇 날 며칠을 감귤 밭으로 출근하여 풀을 깍아야 했다. 8월 들어 나도 그 동안 해왔던 방송 일을 쉬게 되어 풀베기에 나섰다.

워낙 기계치(機械痴)인데다 윙 칼날 돌아가는 소리만 들어도 가슴이 벌렁거려 아예 낫을 들었다. 모르고 자신 없을 때는 가장 원시적인 방법이 가장 안전하고 편안한 법이다. 나무 밑을 기어다니며 넝쿨풀을 뽑고, 하늘 높은 줄 모르고 웃자란 천상풀을 뽑노라니 온몸은 금세 물적신 솜이 되고 만다. 푸석푸석 메마른 흙먼지까지 뒤집어썼으니 그 꼴이 가관이렷다. 예초기에서 나오는 매연 때문에 작업복의 소매는 시커멓고 목에 두른 수건에서는 물이 줄줄 흐르는 남편 꼴은 한 수 위다.

잠시 예초기와 낫을 놓고 쉬는 사이 불어오는 한줄기 바람, 아, 이보다 더 시원하고 신선한 바람이 이 세상에 어디 있으랴. 으리으리한 저택의 고성능 에어컨이 부럽지 않다. 이열치열이라는 말이 여기에도 통하는 것일까, 온몸이 불덩이처럼 뜨거우니 살짝만 바람이 불어도 시원하고 고맙고 감사할 따름이다.

풀을 베면서 머리를 꽉 채우고 있는 생각은 오로지 하나, 찬물에 목욕을 하고 나면 살 것 같다는, 지극히 원시적인 욕망이다. 농업용수를 콸콸 틀어놓고 온몸의 땀을 씻어내노라면 이 세상에 고맙지 않은 게 없다.

뙤약볕 아래 노동을 견뎌준 몸뚱이도 고맙고, 땅 속 시원한 물은 더 고맙고, 살풋 불어오는 바람은 더욱 고맙고, 내 목욕하는 모습을 남들이 볼세라 수줍게 망을 보고 서 있는 감귤나무는 더더욱 고맙다.

이 다음 머리가 벗겨지도록 더운 날, 이 바람과 이 물과 이 나무를 기억하리라.

내가 사랑한 제주

비가 갠 뒤 해질녘 제주 섬의 중산간 도로를 달려보신 적이 있나요?

푸른 점이 박힌 듯, 회색 빛으로 차츰 물들어 가는 하늘가에 소리도 없이 흔적도 없이, 그림처럼 떠가는 비행기 하나 보신 적이 있나요?

어느덧 깔리기 시작하는 땅거미 속에 잘 익은 늙은 호박 속 색깔로 퍼져나가는 석양을 보신 적이 있나요?

먼 데 한라산이 우두커니 서 있고 그 곁으로 옹기종기 모여든 오름들 위로 엷다란 초저녁 안개가 피어나는 모습을 보신 적이 있나요?

하나 둘씩 가로등 불이 켜지기 시작할 무렵, 머나 먼 바다 수평선 위에 꽃잎처럼 떠있는 고깃배의 불빛을 세어보신 적이 있나요?

어쩌다 잠시 멈춰 선 차창 밖으로 여리디여린 풀줄기 사이를 부지런히 오가며 세상에서 가장 화려한 궁전을 짓고 있는 거미를 만나신 적이 있나요?

석양도 스러지는 시각, 잠을 청하러 잎사귀를 조용히 닫고 서 있는 길가 자귀꽃에 눈길 한 번 줘보신 적이 있나요?

거뭇거뭇 사위에 어둠이 내리기 시작할 무렵, 풀섶을 에워싼 삼나무의 대열 뒤로 뻥 뚫린 허공을 응시해 보신 적이 있나요?

저만치 오름 위로 살포시 떠오르기 시작한 만월과 눈맞춤해 보신 적이 있나요?

조용한 들길 위를 가로지르는 전신주와 전신주 사이, 그 가느다란 전선에 목숨을 의탁한 채 더불어 앉아있는 까마귀 떼를 보고 놀라신 적은 없나요?

혼자만 가듯 불빛도 내지 않고 가는 중산간 도로 위, 그 길에서 만나는 그 누구라도 친구가 될 것 같은 그런 느낌, 가져보신 적이 있나요?

마침내 모든 것이 어둠 속으로 빨려 들어갈 듯 아무 것도 맨눈에는 보이지 않게 되었을 때, 가장 생각나는 사람은 누구이던가요?

비로소 상념에서 벗어나 허우적허우적 늦은 길을 재촉할 때 가장 먼저 떠오르는 사람은 누구이던가요?

내 곁에 아무도 없다고 생각될 때, 간절하고도 절박하게 그리워지는 사람은 누구이던가요?

인적 없는 길을 달리다 우연처럼 만나는 불빛 하나, 혹 그 위에 겹쳐지는 얼굴은 없던가요?

갑자기 얼굴을 처박고 서럽디서러운 울음을 토해내고 싶도록 보고 싶어지는 얼굴은 없던가요?

그 모든 얼굴들을 불현듯 떠오르게 하는, 비 갠 뒤 해질 녘 제주섬의 중산간 도로를 말없이 달려보신 적이 있나요?

못 잊을 선물

며칠 전 밤늦은 시각 귀가한 남편이 싱글벙글 웃음이 가득한 얼굴로 검정 비닐봉지 하나를 쑥 내밀었다. 뭐가 들었길래 저리도 의기양양한 얼굴일까 싶어 냉큼 펼쳐보니 뜻밖에도 감물들인 옷감이었다. 얼핏 봐도 두 마 남짓, 옷 한 벌 넉넉하게 지어 입을 만했다. 그렇지 않아도 올 여름 딴 데 정신을 파느라 감물을 들이지 못해 못내 아쉬웠는데 이게 웬떡이냐 싶었다.

오밤중에 남의 빨랫줄에 널린 것을 걷어왔을 리도 없고, 그렇다고 돈주고 사왔을 리는 더더욱 없고, 도대체 무슨 수로 이리 기특한 선물을 준비했나 물었더니 자신에게서 한글을 배우고 계시는 할머니 한 분이 선사한 것이란다. 말하자면 남편의 제자(?)되시는 할머니가 보내주신 소중한 선물이었던 것이다.

지난 늦봄 감자 수확 철에 한 할머니가 주시더라며 들고 온 씨알 굵은 감자 몇 알, 얼마나 가슴이 짠하던지 그 감자를 다 먹기가 아까울 지경이었다. 스승의 날에 받은 양말 두 켤레도 말할 수 없는 감동이었는데 이번엔 정성 없이는 만들 수 없는 갈천이었다. 감귤농사에, 밭농사에, 일당벌이 밭일에 어느 짬이 생겨서 이렇게 감물을 들여 내게까지 주셨을까.

지난 3월부터 남편은 일주일에 한번씩 이웃 마을에서 할머니들께 한글을 가르치고 있다. 여자로 태어난 죄, 입에 풀칠하기도 어려울 만큼 가난한 죄, 역사의 소용돌이 속에서 겨우 목숨만 부지해온 죄, 한평생을 자식농사에 밭농사에 치여 산 죄로 지금껏 까막눈으로 사시는 할머니들이 한글을 배우고 싶다고 하셔서 기꺼이 나선 자원봉사였다.

혼자 사시는 한 할머니 댁을 교실 삼아 열네 분이 시작한 한글학교. 남편을 포함한 세 명의 교사가 일주일에 세 차례 저녁 8시부터 9시 30분까지 한글을 가르치는데 이제는 '기역, 니은…' 은 다 떼고 옛날 이야기와 우리 가요의 가사쯤은 자신 있게 읽게 되셨단다. 어느 할머니는 아들 앞에서 농약 병을 들고 큰소리로 농약 이름을 읽어 보이니 그 아들이 깜짝 놀라더라는 이야기를 들려주시더란다. 그동안 당신 이름자 하나 읽고 쓰지 못해 당했을 답답함과 설움이 얼마나 컸을까 이야기를 전해듣는 내 가슴이 미어졌다.

일이 힘들어 결석이 잦던 몇 분이 중도 탈락하고 지금은 예닐곱 분만 나오신다지만 그게 대수랴. 비록 이름도 없는 한글학교지만 단 한 분만 남게 되더라도 결코 문을 닫을 수는 없으리라.

아들 같고 손자 같은 선생과 어머니 같고 할머니 같은 제자가 밤마다 밝히는 불은 그분들 가슴속에 꺼지지 않고 희나리처럼 남았던 꿈의 불씨인 것을. 올해 선물 받은 갈천으로 지은 옷을 입고 내년에도, 그 후년에도 남편이 그분들과 더불어 꿈의 불씨를 살려나가길.

ㄱ ㄴ ㄷ
ㄹ
서귀포

산방산은 다 알고말고

올 가을 세 가족이 어우러져 감자와 무 농사를 짓기로 하고 산방산 발치에 있는 밭을 빌렸다. 지난 9월 초 밭 일부에 감자를 심고 난 뒤 때아닌 초가을 장마를 만난 탓에 무 파종이 계속 미뤄졌다. 마음을 먹고 길을 나서고 보면 밭에 물이 고여 허탕을 치고, 아침 날씨가 괜찮아서 트랙터를 불러 밭을 갈기 시작하면 금새 하늘이 어두워지면서 빗발을 뿌리는 것이었다.

몇 날을 숨죽여 기다리다 겨우 날을 받아 무를 심기로 한 날, 밭의 일부는 아직 물에 잠겨 있고 또 일부는 이미 땅이 굳어 난감하기 짝이 없다. 다시 트랙터를 불러 밭을 갈자니 그 돈이 또 얼마냐 싶어 호미자루를 들고나섰다. 장화를 신고 왼손에는 무씨 깡통을, 오른손에는 호미를 들고 두 고랑을 동시에 심어가자니 순식간에 온몸이 와르르 무너지는 느낌이다.

흙이 덕지덕지 붙은 장화는 발을 옮기기가 힘들 정도로 무겁고, 굳은 땅을 파는 오른손은 불이 붙은 듯 화끈거리고, 손목은 힘을 세게 주기라도 할라치면 꼭 부러질 것만 같다. 왼손이라고 편할쏘냐. 오른손이 파놓은 구멍에 무씨 두세 톨씩만 떨어뜨려야 하는 의무가 지워진 왼손은 너무 긴장한 탓에 숫제 마비되기 일보 직전이다.

서귀포

바람이 불면 휘익 날아갈 듯 작디작고 가볍디가벼운 무씨가 아닌가. 생겨먹은 성질대로 한 구멍에 대여섯 개씩 팍팍 심었다가는 한 뼘이나 자란 뒤 몇 날 며칠 솎아내느라 또 품을 팔아야 한다는 것을 너무도 잘 알고 있는 왼손이기에 손가락에 쥐가 날 정도로 긴장을 할 수밖에 없다. 싹이 난 뒤 뿌리가 흔들리지 않게 실팍한 놈만 남기고 솎아내자면 엉치며 다리며 허리는 또 얼마나 아플 것인가. 당장 힘들더라도 반드시 두 알씩만 심을 일이다.

하지만 이것은 어디까지나 똑똑한 생각일 뿐. 지친 몸뚱이는 미련스럽게도 자꾸만 왼손더러 집히는 대로 팍팍 심으라고 꼬드긴다. 그래서 사래를 처음 시작할 때는 꼼꼼하게 두 알씩 심다가도 사래 중간쯤 들어서면 나도 모르게 손놀림이 빨라진다. 그러다가 사래가 끝나갈 즈음 다시 정신을 차리고 두 알씩 심게 되는 것이다. 이제 얼마 뒤 싹이 나면 한 눈에 보이리라. 똑똑한 생각과 미련한 몸뚱이 사이에서 내 왼손가락이 얼마나 고뇌하였는지를.

아니, 산방산은 이미 알고 있을 것이다. 간간이 몸을 일으켜 허리를 펼 적마다 눈길이 마주치던 산방산이야 다 알고말고. 불어오던 가을 바람이 잠시 내 가슴에 펄럭일 때마다 그만 때려치우고 싶은 마음에 눈물까지 찔끔했던 것도 다 알고말고. 푸르디푸르던 하늘도 다 알고말고. 그게 아니면 무사 하늘은 경 푸르고, 산방산은 경 나만 쳐다밤시카(왜 하늘은 그렇게 푸르고, 산방산은 그렇게 나만 쳐다봤을까).

다시 처음으로

꿀맛 같은 추석 연휴를 보내고 나니 일이 다시 산더미처럼 쌓였다. 부지런하고 지혜로운 농부야 안 하는 것처럼 늘 하는 것이 일이련만 게으른데다 서투르기까지 한 우리 부부는 늘 일이 산더미처럼 쌓여야 비로소 몸이 말을 듣는다.

모름지기 자잘한 일을 무서워할 줄 알아야 농사지을 자격이 있음이 분명하다. 이사온 이듬해 지은 비가림 하우스의 비닐이 미친 여자 속고쟁이처럼 발기발기 찢어진 것은 지난 해 추석 때 닥친 태풍 매미 탓이었다. 그때 곧바로 복구를 했어야 될 일이나 차일피일 묵혀두다 보니 올 가을 일순위로 해치워야 할 발등의 불로 떨어졌다.

비닐을 새것으로 교체하기 위한 사전 작업에만 이틀 넘어 시간이 걸렸다. 그것도 때맞춰 휴가 온 후배들을 우도와 용눈이 오름 한번 구경시켜준 대가로 팔쥐 어미가 콩쥐 부리듯 혹사시켰기에 가능한 일이었다.

가닥도 추리기 어려울 만큼 찢어진 채 휘날리는 묵은 비닐을 걷어내는 일은 생각만큼 쉽지 않았다. 비닐과 방충망을 죄고 있던 스프링을 일일이 풀고, 묶여있던 밴드를 죄다 푸는 일만 해도 결코 만만한 일이 아니었다. 그 사이 스프링은 탱탱 녹이 슬었고, 풀기 쉽게 고를 매어놓았던 밴드의 태반은 되풀기가 어려울 정도로 조여져 있었다. 게다가 하우스 안팎에서 기어올라온 온갖 넝쿨식물들이 한데 어울려 지붕 뼈대를 휘감은 탓에 일은 몇 배로 힘들었다.

4미터가 넘는 하우스 지붕에 올라가 발 아래를 내려다보니 그간 헛살아온 내 세월이 한눈에 보이는 것만 같아 아예 두 눈을 질끈 감아 버리고 싶은 심정이었다. 저 아래 풀들은 이제 쇠어질 대로 쇠어져 보통 낫질이나 예초기의 나일론 줄로는 베어질 것 같지도 않다. 왜 제때에 풀을 매거나 베지 못했던고. 능소화며 찔레꽃이며 담쟁이와 하늘타리 들이 저리 비닐 하우스를 뚫고 쳐들어오도록 나는 무엇을 했단 말인가. 정글 같은 잡초 무더기 사이로 고개를 빼꼼이 내밀고 있는 감귤나무들에게 미안하고 또 미안한 마음뿐이었다. 두어 차례 감귤 묘목 품종 선택에 시행착오를 거치면서 4년이 지나도록 한 해 이자를 벌어들이기는커녕 오히려 생돈 잡아먹는 애물단지로만 치부해온 내 속내를 들키고 만 것 같아 민망하기 짝이 없었다.

귀농 창업 자금을 대출 받아 뭣 모르고 짓긴 했어도 집 앞에 떡 하니 하우스가 들어선 날, 이제야 농부로서 내 일과를 시작할 일터가 생겼다는 기쁨에 나는 얼마나 가슴 벅찼던가.

이제 다시 처음으로 돌아가야 할 때가 왔다. 버젓한 농부가 될 수 있을 것만 같던 그 때의 설레임으로, 다시는 똑같은 후회와 반성이 필요 없는 그 처음으로.

그리움을 먹고 자라는 한라봉

지난주 서울 나들이를 다녀왔다. 말이 나들이지, 두루두루 봐야 할 일들을 한데 몰아 1박2일 일정으로 숨가쁘게 다녀온 길이었다. 내가 간다고 하니 집 앞 공항버스 정류장에서 삼십 분이 넘게 나를 기다리고 계셨던 시어머니가 차려주신 밥은 달디달았다. 나이가 드셔서 손맛이 많이 상했다고는 해도 푹 삭은 김치나 잘디잔 고추와 멸치 볶음은 여전히 내가 따라잡기 어려운 시어머니의 오래된 손맛이 고스란히 배어 있었다. 커피까지 손수 끓여주신 시어머니는 나를 옥상으로 이끄셨다.

스무 평 남짓한 옥상은 그냥 옥상이 아니라 시어머니의 텃밭이자 장독대이자 비밀의 정원이었다. 반지르르하게 닦인 장독 항아리들이 가을 볕바라기를 하고 있는 한 켠에는 병아리 깃털 색의 들국화가 피어있고, 누렇게 콩깍지가 익어 가고 있는 작두콩 넝쿨이 곱게 단풍들고 있었다. 이른 봄 탐스러운 꽃봉오리까지 터뜨렸다는 한라봉이 우뚝 서 있는 반대편에는 역시 우리가 몇 뿌리 드린 복분자가 터주대감처럼 자리를 차지하고 있었다.

서울 한복판, 괴물처럼 드리워진 고층 건물의 그림자를 용케 피해 가며 왕성한 생명력으로 뿌리를 내린 작두콩과 한라봉과 복분자. 그것은 시어머니의 비밀의 정원이기에 앞서 자그마한 제주, 바로 그것이었다.

얼마나 정성을 들여 가꾸셨는지 한라봉은 제주를 떠나올 때보다 두 배는 더 자란 것 같았다. 하기야 시름시름 앓던 꽃나무도 기어이 살려내 꽃을 피우게 만드는 것이 시어머니의 재주이니 그 동안 집 떠나온 한라봉에 기울였을 정성은 오죽했을까.

작두콩만 해도, 정작 처음 종자를 드린 나는 두어 해 심다가 손길 가는 게 귀찮아서 팽개치고 말았는데, 시어머니는 해마다 종자를 갈무리해 놓았다가 이렇게 심고 가꾸고 계시니 몸뚱이만 시골에 사는 얼치기 농군보다 훨씬 다부지고 실팍한 농꾼이 바로 시어머니셨다. 그나마 복분자의 묵은 가지를 쳐내는 요령이랍시고 몇 가지 일러드릴 수나 있어 겨우 농사짓는 며느리 체면을 세울 수 있었다.

날이면 날마다 힘겹게 계단을 올라와 물을 주고 거름을 주고 풀을 뽑아주면서 너무도 멀리 떨어져 사는 아들네를 향한 아득한 그리움을 삭였을 시어머니의 나날이 눈에 보이는 듯 했다. 6년 전 농사를 짓겠다고 훌쩍 제주로 떠나버린 막내아들네 보듯 한라봉과 작두콩과 복분자를 키우고 계시는 것이다.

시어머니의 한숨 섞인 그리움을 먹고 자랐을 작두콩 대여섯 깍지를 호주머니에 넣고 돌아오는 길, 내년에는 우리 하우스 파이프 기둥마다 그리움이 주렁주렁 매달릴 것만 같다.

이 가을에

분홍 보랏빛 억새꽃이 갈기를 펼치기 전 시작된 가을이 이제는 감나무 이파리에 고요히 내려앉았다. 무서리에 곱게 옷을 갈아입은 저 감나무 이파리도 머지않아 가을을 따라 시간의 저편으로 떨어지고 말 것이 분명하다. 그래서인가 가을의 끝자락에서 만나는 감나무만큼 어여쁜 가을 풍경은 드물다.

단단하게 무장이라도 한 듯 두터운 이파리들이 무성하게 달려있던 여름날의 모습은 간 데 없이 꼭대기에 여남은 개 열매가 애처롭게 달린, 이파리마저 듬성듬성해진 이즈음의 모습은 그다지 길지 않은 세월이 흐른 뒤의 내 모습일 것도 같아 가슴 한구석이 서늘해진다. 벌레 먹은 놈은 구멍난 그대로, 검은 점이 박힌 놈은 거뭇거뭇 그대로 단풍이 든 감나무 이파리들. 한결같이 눈부시도록 붉은 단풍나무 이파리보다 더 어여쁘고 기특한 것은 이 놈들은 제각기 농담이 다른 물색으로 단풍이 든다는 점이다.

어떤 놈은 붉은 물이 든 둥 만 둥한 것 같아 어떤지 짠하고, 어떤 놈은 주제넘게 너무 붉어 괜스레 어색하고, 어떤 놈은 맞춘 듯 적당한 물색이라 한번이라도 만져보고 싶은 마음이 드는 것이다. 추적추적 가을비라도 오는 날이면 그 차가운 비를 묵묵히 맞으며 세월을 익히고 있는 감나무가 보고 싶어 뒷 창을 열어보기 몇 번이던가.

하기야 깊어 가는 가을에 그리워지는 풍경이 어느 한둘이랴. 무엇보다도 불현듯 그리워지는 것은 江이다. 늘 그 자리에서 하염없이 흐르는 江, 눈을 떼지 않고 가만히 들여다보면 나도 물결에 실려 흐를 것만 같은 江이 미치도록 보고파진다.

한때 나는 정말 그렇게 강물에 실려 멀리 아주 멀리 떠나고 싶었었다. 돌아오지 못한다 해도, 그 어디라도 멀리만 갈 수 있다면, 그렇게 바다에 가 닿을 수만 있다면 강물과 같이 흐르고 싶었던 한때가 내게 있었다. 그리고 그렇게 떠나고 싶고 흐르고 싶었던 때는 언제나 깊어 가는 가을 무렵이었다.

그러나 제주에는 江이 없다. 차르차르찰찰찰 흐르는 江도 없는데다 그 사이 나도 늙어가고 있는 중이니 나는 다시는 그 강물에 실려 끝간 데 모르게 흘러가는 꿈을 꿀 수 없으리.

아, 같은 강물에 두 번 발을 담글 수 없는 것이 우리 인생이려니.

대신 단 한번만이라도, 농익어 가는 이 가을에 소리 죽여 흐르는 강물에 귀를 파묻고 강의 잔물결 소리를 들을 수 있다면.

소로우(Henry David Thoreau)가 말하지 않았는가. '강의 잔물결 소리를 듣는 자는 무슨 일이 있어도 완전히 절망하지 않는다.' 고.

남의 밭에서 내 밭을 꿈꾸다

4년째 남의 땅 천 평을 빌어 참깨며 감자며 복분자를 농사지어왔다가 임대 계약이 끝나 밭을 되돌려주어야 할 때가 되었다. 밭을 모조리 갈아엎는 것이 아니라 얼마전 폐원한 우리 과수원으로 옮기는 일이라 몇 배 힘들었던 작업은 11월 6일에 시작되어 21일에야 끝을 볼 수 있었다. 그 사이 비가 와서 하루 반을 놀고, 몸이 말을 듣지 않아 이틀쯤 오후에야 일을 시작했던 것 빼고는 그저 해가 뜨면 일하고 해가 지면 집에 들어오는 나날의 연속이었다.

우리 부부의 천성적인 게으름의 징표처럼 높게 자란 잡초를 깎고 수십 개의 지지대와 그것들을 연결하고 있는 철사줄을 걷는 일은 남편의 몫이었고, 서로 어우러져 가닥을 추리기 어려운 복분자 나무를, 옮겨심기 좋도록 짧게 전정하는 일은 오롯이 내 몫이었다. 꿈속에서도 나는 나뭇가지를 잘랐고 남편은 철근으로 만들어진 지지대를 져날랐다.

무엇인가를 새로 짓는 일은 가장 쉬운 일에 속할 터. 지어 놓은 것을 늘 새것처럼 유지하고 관리하고 보수하는 일이 그 다음에 어려운 일이라면 있던 것을 자리만 옮겨 고스란히 다시 지어야 하는 일은 그 무엇보다도 힘들고 어려운 일이 아닐까.

밭에 깔린 세 종류의 호스는 구분해서 잘 걷어야 했고, 모든 자재들은 재활용을 위해 깔끔하게 정리해 둬야 했다. 밭을 돌려 받은 땅임자의 비위를 거슬릴 만한 모든 장애물과 그간 우리가 무농약 농사를 지었던 흔적들 또한 애초에 없었던 것처럼, 그렇게 말쑥하게 제거해야 했다. 짧지 않은 시간 동안 우리와 인연을 맺어왔던 그 땅, 그것이 품고 있는 생명들과의 작별은 보름간의 집약적인 노동으로 마무리되었다.

농업용수도, 전기도 없던 땅에 우리 돈을 들여 다 설치해놓고 떠나자니 그간 우리가 얼마나 버거운 시행착오를 겪어왔는가 사무쳐왔다. 그래서일까. 일손을 거들어주던 이웃의 한마디가 칼날처럼 가슴에 꽂혔다.

'게메(글쎄), 님의 땅에 농사지어봐야 다 헛것이주.'

이제는 그간의 시행착오마저 마무리지어야 할 때이다. 간절히 바라노니 이제는 흥하건 망하건 남의 눈치 볼 일없는 '내 땅'에서 '내 생각'대로 자유롭게 농사를 짓고 싶다.

허름한 집이라도 밭 한 귀퉁이에 딸려 있어서 아침이면 작물들과 눈인사를 나누고 우리의 발걸음 소리를 듣고 작물들이 무럭무럭 자랄 수만 있다면, 해가 뜨면 밭에 나가 김을 매고 거름을 주고 해가 지면 노곤한 몸을 누일 수 있는 그런 일상을 누릴 수만 있다면, 그간의 시행착오가 헛일만은 아니었으리.

힘든 노동의 시간을 버틸 수 있는 것은 남의 밭 귀퉁이에서나마 꿀 수 있는 꿈이 있기 때문 아니겠는가.

내 마음의 농사를 짓다

해마다 이맘때쯤이면 연례행사처럼 도지곤 하는 남편의 허리 병이 올 한해 거를쏘냐, 본격적인 수확을 앞두고 그예 몸져눕고 말았다. 따놓은 감귤을 실어 날라야 할 유일한 남자 일꾼이 허리를 펴지도 못하는 판이니 일손을 구할 수도 없어 이틀을 혼자서 따야 했다. 일손들의 수다가 없는 과수원은 호젓하기 그지없다. 멀리서 들리는 차 소리와 내 귀에다 대고 지저귀는 듯한 새들의 노랫소리뿐.

감귤을 따면서 늘 하는 생각이지만 나무나 사람이나 다를 게 없다. 열매 가운데 가장 작고 앙증맞게 생긴 것을 보면 내 품에 안겨 젖을 빨던 두 아들놈들 얼굴이 떠오른다. 지금은 시커먼 남자 티를 팍팍 풍기지만 한때 그 녀석들은 내 가슴팍이 우주의 전부인 줄 알았을 게다.

내 키가 닿지 않는 높다란 가지에 매달린 열매는 여학교 시절 나보다 훨씬 키가 컸던, 절친했던 친구를 떠올리게 한다. 나와 그 친구가 나란히 걸으면 다른 친구들이 '고목에 매미 붙은 것' 같다고 놀렸었다. 주렁주렁 포도송이처럼 매달린 가지를 보니 마치 그 시절 우리를 놀려대던 친구들의 장난기 어린 얼굴을 보는 듯하다.

멋스럽게 층을 이루어 열매를 매달고 있는 탐스런 가지는 마치 내가 시집오던 날 앞가슴에 들었던 한 다발의 부케인 것만 같아 괜스레 가슴이 설렌다.

그런가 하면 작달막한 몸집에 눈꽃을 뒤집어쓴 듯 열매를 달고 있는 나무는 젊은 나이에 연년생으로 여러 명의 아이를 낳아 키우는 아낙과 닮았다.

이런 나무의 열매들은 대부분 고만고만한 크기인데, 없는 속에서도 도란도란 다투지 않고 살아가는 형제들을 보는 것 같아 가슴이 훈훈해진다.

키가 훤칠하게 잘 빠진 나무에 열린 열매라고 해서 다 고운 건 아니다. 미남미녀 부모의 인물에 훨씬 미치지 못하는 자녀들이 있는 것처럼. 진을 다한 듯 꺼칠해진 나무의 수많은 가지 어딘가에서 의외로 곱게 익은 열매를 찾아낼 때면 공부방 하나 없이도, 심지어 자기 책상 하나 없이도 착실하게 공부해서 늘 좋은 성적을 올리는 모범생을 떠올리곤 한다.

그래서인지 다른 열매들이 모두들 황금빛으로 보기 좋게 익었는데 유독 저 혼자서 아직 시퍼런 열매는, 금지된 온갖 것들을 다 맛보다가 철 들 시기를 놓쳐버린 문제아 같기도 하다. 때를 놓친 열매는 시간이 흘러도 노랗게 익질 않으니 나무 밑에 버릴 수밖에 없다. 넘치는 사랑을 나누어주었건만 빗나가버린 자식을 바라보는 부모의 가슴아픈 마음에 비유한다면 지나친 표현일까?

정적이 내려앉은 한낮의 과수원은 그야말로 세상의 축소판이요, 내게 세상을 새롭게 가르쳐주는 스승이다. 어쩌면 나는 지금 감귤농사를 짓고 있는 게 아니라 내 마음의 농사를 짓고 있는 것이리라. 내 자신을 한 그루의 반듯한 나무로 키우는 마음의 농사를.

서귀포 오현중

열매보다 사람이 아름다워

과수원 가득 황금빛으로 도배하고 있던 감귤들이 하나씩 자취를 감춰가다가 이윽고 온 과수원의 나무들이 다시 푸른 옷으로 갈아입을 때 참으로 사람 손이 무섭다는 생각을 하게 된다. 친척 하나 없는 외톨이인지라 달리 수눌음(품앗이)할 사람도 없는 우리 부부가 작은 밭 하나를 옷 갈아 입히려면 몇 날이 걸리지만 서너 명의 일손만 붙으면 금세 과수원의 색깔이 달라진다.

나무 밑을 헤집어 다니며 감귤 바구니를 나르다보면 그 동안 몰랐던 동네 일이 한눈에 소상해지는 것도 내겐 감귤 따는 일만큼이나 소중하고 커다란 이득이다. 그래봤자 나만 몰랐던 일이었겠지만.

누구네 아방은 어제 어디에서 술을 마셨고, 누구네 어멍은 어제 누구네 일을 갔고, 누구네 아들은 누구네 딸과 연애를 하는 중이고, 누구네 할아방은 어디 병원에 입원해 있는지, 누구네 손자 돌잔치가 언제인지 그녀들이 내뱉는 뉴스거리는 24면짜리 신문을 다 채우고도 남음직하다.

동네 뉴스 전하기에 심드렁해질 때면 누가 먼저랄 것 없이 노랫소리가 터져 나온다. 헤일 수 없이 수많은 밤을……. 이미자 뺨치게 잘 꺾는 선수가 동백아가씨를 부르면, 곧이어 네 박자 인생이 흐르고, 연

분홍 치마가 휘날리는 봄날이 펼쳐지기도 한다.

노랫소리 간간이 끼어드는 간드러지는 웃음소리는 길거리에 구르는 낙엽만 봐도 웃는다는 사춘기 소녀의 웃음소리가 무색할 지경이다. 집안 살림하랴 물질하랴 일당벌이하랴 그 수많은 노동으로 지새온 세월들이 깎이고 다듬어져 세상일쯤이야 한바탕 웃음으로, 한입거리 수다로, 한가락 노래로 날려버릴 줄 아는 그녀들이야말로 참으로 아름다운 사람들이다.

오전 일을 마치고 이들과 점심 밥상을 마주할 때가 내게는 가장 긴장되면서도 즐거운 순간이다. 햇살 가득한 자리를 골라 평상을 깔고 설설 김이 오르는 고운 쌀밥에 따끈한 국물과 맞춤하게 익은 갖가지 김치와 불에서 막 내린 돼지고기 볶음을 차려놓고 그들의 품평을 기다리는 나는 마치 시어머니에게 음식솜씨를 처음으로 선보이는 새색시 같은 심정이 된다.

이녀들 보기에 세상 물정, 농사 물정 모르는 육지내기가 차려내는 밥상을 이것저것 웃음 섞어 꼬투리 잡거나 서너 살 아이처럼 호기심에 가득 찬 얼굴로 육지에서는 이런 것도 해먹느냐고 물을 때는 아연 긴장이 되지만 결국 깨끗하게 비워진 그릇들을 보면 내 배가 부른 것처럼 즐겁기만 하다.

열매보다 아름다운 사람들, 이들의 무서운 손과 즐거운 입이 있어 과수원에서의 하루 해는 짧기만 하다. 달콤 쌉싸름하게 곰삭은 그녀들의 삶내가 그리워서라도 나는 이 과수원을 떠나지 못할 게다.

사진첩을 정리하며

오랜만에 사진첩을 정리했다. 그 동안 찍기만 하고 내버려둔 필름이 서너 통, 현상만 해놓고 정리해두지 않은 사진이 수백 장, 사다놓기만 하고 아직 새 것인 채로 꽂혀있는 앨범이 서너 권이었다.

아예 사진 정리할 생각을 못하고 살아온 것이 삼사 년은 된 것 같다. 사진을 정리한다는 것, 사진을 들추어본다는 것은 시간이나 마음의 여유가 없이는 할 수가 없는 일이다. 아마도 그 동안 나는 너무 정신 없이, 한번도 추억에 잠길 틈이 없이 그렇게 살아왔나 보다.

사진들을 주인공별로 정리해서 앨범에 꽂는 일을 미뤄두고 잠시 지나간 사진첩을 들춰본다. 보석같이 빛나는 아이들의 어린 날들과 맑은 물로 막 씻고 난 듯한 남편의 젊은 날들과 화장기 없는 얼굴로 먼 데를 응시하는 내 젊은 날들이 거기 있다. 저리 투명한 세월도 있었나 새삼스럽기만 하다.

내가 찍힌 사진 가운데 가장 오래 된 사진 하나가 사진첩 갈피에서 툭 떨어진다. 빛 바랜 흑백사진, 정확하게 삼십 칠 년 전에 찍은 가족사진이다. 여섯 명이 자식들을 빙 둘러 세우고 앉아 계신 부모님은 참으로 젊다. 그때 어머니의 나이가 지금의 내 나이이다. 처음으로 우리 집을 손수 지어 이사를 한 뒤인지라 가족들의 얼굴에서 그늘진 데라곤 찾아볼 수 없는 사진이다.

그 사진을 빼어들고 사진첩의 맨 마지막 사진에 갖다 들이대본다. 사진첩 마지막 장에 꽂힌 사진 또한 십 년 전에 찍은 가족사진이다. 거기에는 아버지의 자리가 비어있다. 아버지를 막 땅에 묻고 어머니를 에워싼 여섯 명의 자식과 그들의 배우자들만이 패잔병처럼 넋 나간 얼굴로 찍은 사진인 탓이다. 사진 그 어느 구석에도 생기라곤 느껴지지 않는다. 사진에서 슬픔이, 서러움이, 애잔함이 뚝뚝 떨어져 나올 것만 같다.

하지만 이제는 안다. 그 사진 속에는 아버지의 자리가 비어있지만 식구들 저마다의 가슴속에는 아버지가 안겨져 있다는 것을. 지금껏 단 한 번도 아버지의 자리가 비어있다고 생각하지 않았다는 것을. 오히려 사진만이 아버지의 빈자리를 부질없이 기억하고 있을 뿐.

그래도 아직 내게는 곁에 남아있는 가족들이 많다는 것은 얼마나 행복한 일인가. 여읜 가족을 가슴에 모두 품고 살기에는 내 가슴은 넓지도 깊지도 않기에 아직은 내 곁에 다른 가족들이 있어줘야 한다. 게다가 두고두고 꺼내볼 가족사진을 충분히 많이 찍어두지 않았기에 아직은 다 내 곁에 살아 있어줘야 한다.

오래 살아서 행복하기보다 살만큼 살아서 가족에게 기쁨을 줄 수 있는 행복을 누릴 수 있다면.

아직 가지 않은 내 안의 길

내가 일터로 가는 길은 세상에서 가장 아름다운 길이다. 세상의 어떤 갑부도 이렇게 매혹적인 길을 지나 일터로 향하진 못할 것이다.

이른 아침이거나 해질녘이거나, 혹은 안개가 끼거나, 바람이 불거나, 볕뉘가 좋은 날이거나, 빗살이 비치는 날이거나 그 언제라도 황홀한 길. 한편으로는 한라산 자락이 드리워져 있고 발 아래로는 한라산에서 타고 내려온 돈내코 계곡*이 무시무시한 원시림에 가려 바다를 향해 용트림을 하고 있다. 그리고 그 끝에는 서귀포 바다가 있다.

지도에 표기된 이름으로는 1115번 도로. 내가 부르는 이름으로는 '세 · 아 · 길' 이다. 세상에서 가장 아름다운 길이기도 하고, 세상을 아름답게 보게 해주는 길이기도 하며, 세상 사람들을 아름답게 만들어주는 길이기도 하기 때문이다.

이 길을 내게 가르쳐 준 사람은 남편이었다. 시쳇말로 '빽 갈만한 길' 을 보여 주겠다는 남편을 따라나선 날은 한여름의 한낮 땡볕에 눈조차 제대로 뜰 수 없었다. 서귀포 바다는 온통 금가루를 뿌려놓은 은

---

* 돈내코 계곡 : 서귀포시 상효동에 위치한 계곡으로 지명이 특이하다. 흔히 알려진 바로는 이 지역에 멧돼지(돈)들이 많이 출몰하여 물을 먹던 하천(내) 입구(코)에서 지명이 유래했다고 한다. 한여름에도 서늘한 기운이 감도는 계곡으로 지리산 자락의 한 계곡에 와있는 듯한 착각을 불러 일으킨다.

쟁반이었고, 한라산에서 타고 내려온 여러 개의 계곡은 검푸른 빛의 브로콜리를 다발째 깔아놓은 듯 해서 어디가 어딘지 분간할 수 없었다. 무서웠고 겁이 났으며 섬뜩했다. 너무 아름다워서였다.

'세 · 아 · 길' 의 끝에 내 일터, 감귤밭이 있다.

내 일터라고는 했지만 사실 나는 내 입으로 농사 이야기하는 것을 쑥스럽고 부끄럽게 생각한다. 나무가 봄에 꽃을 피워 올리고 열매를 낳아 가지에서 기르는 동안 나는 그들에게 해준 일이 거의 없는 탓이다. 갖가지 액체비료를 만들어 먹이고 예초기를 돌려 풀을 베는 일은 남편의 일일 뿐, 나는 그저 주렁주렁 열린 열매를 욕심사납게 따는 일에만 열심인 까닭이다. 가끔 극성스럽게 감귤나무를 타고 올라가는 넝쿨풀이나 뽑아주고, 될 성 부르지 못한 열매를 솎아 따기도 하지만 이런 날들을 다 끌어 모아 헤아려보아도 내가 내 일터에서 보내는 시간은 삼백육십오 일 가운데 육십 일이 될까말까하다. 굳이 보태자면 한여름 갈천을 만들기 위해 감귤 밭 모퉁이에 심어진 풋감을 따기도 하고 점심을 지어 들밥으로 끼니를 때우는 일 따위가 전부이다.

말하자면 나는 농부가 아니다. 좀더 냉정하게 말하자면 농부가 '못 된다'. 농사를 시작한지 오 년이 되었건만 아직도 이틀을 일하면 하루를 앓아 눕고 발등에 불이 붙지 않는 한 꼭두새벽부터 밭에 나갈 엄두도 내지 않는다. 공부는 뒷전인 채 그저 가방만 들고 학교에 드나드는 얼치기 학생과 꼭 닮은꼴이다. 한껏 게으름을 피우다가 더 이상 도망칠 곳이 없을 지경이 되어서야 땀으로 멱을 감으며 하우스에 들어가 김을 매는 내 꼴은 시험 날이 닥쳐서야 새벽공부 하겠다고 초저녁에 잠드는 아이와 다를 게 하나도 없다. 이런 까닭에 나는 남들에게 농사를 짓는다는 말 대신 농사를 짓는 남편과 같이 산다는 말로 내 정체를 위장하곤 한다.

그나마 다행인 것은 농사일이 싫지는 않다는 점이다. 일은 서투르고 하는 짓이 영 농사꾼답지 못해도 나는 지금 내가 가고 있는 이 길이 좋다. 한여름 푹푹 찌는 삼복더위에 미친 듯이 밭일을 하고 나면 그 동안 가라앉았던 기분이 순식간에 사라지고 미진(微震)처럼 남은 육체적 고통마저 유쾌해짐을 느낀다. 십이 년을 망설여 농사를 내 길로 받아들이기로 선택한 것은 아마도 이런 쾌감이 절박해서였는지도 모르겠다. 오 년 전 사월, 고사리 장마가 시작될 즈음 게딱지처럼 땅바닥에 붙은 돌집에 이삿짐을 부려놓고 앞마당에 흐드러지게 핀 무꽃이 눈부셔 정신을 차릴 수 없었던 그 날 이래로 우리의 주머니는 늘 비어있지만 단 한번도 이 섬을 박차고 떠나야겠다는 마음을 먹은 적이 없으니 이는 얼마나 큰 축복인가. 내 손으로 무엇인가를 거둬들이는 '생산' 의 길을 찾아 여기에 온 것임을, 그래서 이 길이 비록 남루하긴 해도 즐거울 수 있음을 깨닫게 되는 것 또한 얼마나 큰 행복인가.

몸에 익숙하지 못한 노동을 끝내고 농업용수로 대충 땀을 닦아내고 길을 나서서 다시 '세 · 아 · 길' 로 접어든다. 해질 녘 돌아오는 길에서 만나는 서귀포 바다는 마치 마지막 자식을 막 해산하고 난 어미의 모습처럼 한가롭고 자애롭다. 휴식(休息)의 바다다. 거기에서 나는 탁하고 맑은 것을 가리지 않고 다 품에 거둬들이는 '大海' 를 본다. 이십 년 가까운 세월의 저편, 내가 아직 새색시였을 때 내게 '大海不忌淸濁' 이라는 액자를 선물해준 이는 서귀포 출신의, 남편 친구였다. 그때부터 서귀포 바다는 내게 '大海' 와 동의어였을 것이다.

'세 · 아 · 길'을 벗어나서 잠시 오일륙도로(아, 이 길을 달리 부를 수 있는 이름은 없을까)를 타다가 절물* 쪽으로 굽어들면서부터는 고개를 옆으로 돌리거나 숙이거나 코앞만 응시해서는 안 된다. 그냥 쭉, 멀리 바라봐야 한다. 허리를 곧추세우고 고개를 빼고 보면 더욱 좋다. 그래야 마치 바다에 곧 풍덩 뛰어들고 있는 것만 같은 착각을 즐길 수 있기 때문이다. 아마도 그대로 직선으로 내달리면 나는 삼양해수욕장과 신촌리 바닷가 그 중간쯤으로 곤두박질치고 말 것이 분명하다. 석양을 등지고 바라보는 그 바다에는 눈부시게 불 밝힌 고깃배가 수도 없이 떠있으니 그 바다는 잠들지 않는 바다요, 아직 몸을 풀기 전의 만삭의 바다다. 생산(生産)의 바다다. 바람이 많이 부는 날, 이 바다는 침묵한다. 필시 파랑주의보나 폭풍주의보에 걸린 고깃배들은 어느 선착장에서 숨고르기를 하고 있을 게다. 적막한 바다를 바라보며 돌아오는 길, 나는 마치 방향을 잃고 방황하는 멍텅구리 배 같은 기분이 든다. 그래도 길은 한번도 나를 배반하는 일없이 나를 집으로 인도한다. 차로 달릴 수 있는 제주 섬의 모든 길과 그 길을 가면서 되새겨보는 내 안의, 아직 가보지 않은 길을 나는 사랑하고 또 사랑한다.

세 · 아 · 길을 따라 돌아오는 집은 올해 초 새로 얻은 또 하나의 우리 집이다. 이곳에 올 때 초등학생이던 큰 아이는 지금 고등학생이 되었고 세 살 터울의 작은 아이 또한 중학교 교복을 입었다. 당연히 시골의 돌집을 떠나 시내 집에서 머무르는 시간이 길어졌다. 아이들이 머무르지 않는 평일의 시골집을 지키는 것은 여섯 마리의 백구가족이다. 게으른 안주인마저 없으니 마당은 백구가족의 운동장이자 쓰레기

---

* 절물 : 절물이라는 샘이 있어 불리게 된 지명. 동부관광도로에서 한라산 방면으로 향하는 도로를 타고 가다보면 제주 절물 자연 휴양림이 있다.

통이 되어가고 있다. 그래도 그들이 있어 돌집에 덜 미안하다. 우리가 거기에서 살 때 우리는 어미 품에 안긴 네 마리 병아리 같았다. 이제 이 아이들이 더 나이를 먹고 제주 섬을 잠시나마 떠나게 된다면 초로의 우리 부부는 다시 돌집의 병아리가 되어 그 품에 안기게 될 것이다.

그때쯤이면 나도 좀 쓸만한 농부가 되어 있을 것인가. 이른 아침 텃밭에 물을 주고 앞마당 잔풀도 말끔히 뽑아 매끄러운 잔디마당을 가꾸고 카나리 야자도 때를 놓치지 않고 이파리를 잘라주어 그 밑에 살고 있는 맥문동이며 들장미며 봉숭아가 색색이 꽃을 피워 올리게 할 수 있을 것인가. 비닐 하우스 문을 열면 지금처럼 잡초에 가려 드문드문 감귤나무가 보이는 대신 당당하게 선 감귤나무 아래로 잔잔하게 깔린 얼마간의 잡초를 볼 수 있을 것인가. 창고 문을 열면 가지런히 쌓인 나무 상자와 반질반질 닦인 액체비료 항아리와 윤기 나는 농기구들을 한눈에 볼 수 있을 것인가.

정말이지 나는 그렇게 늙어가고 싶다. 구석구석 내 손때가 묻은 살림살이들과 내 손길로 길들여진 돌집에서 나는 그렇게 나이를 먹어가고 싶다. 그래서 성실한 농부는 못되어도 행복한 농부였노라고 언젠가 고백할 수 있게 되기를 간절히 바란다.

그 수줍은 고백을 하게 되는 날이면 나는 마흔이 되어서도 가보지 못했던 내 안의 길을 비로소 갈 수 있게 되리라. 제주 섬에서 보내온 세월만큼 곰삭은 속내를 풀어헤친 책 한 권, 내 낡은 책상에 올려져 있기를.

제주의 봄

풍경 하나

만개한 유채꽃이 눈부시다. 날마다 지나는 길 양옆이 어찌나 눈부신지 괜스레 철 이른 선글라스를 꺼내 껴본다. 나도 모르게 신바람 난 오른발이 자꾸 가속 페달을 밟으려 들지만 이럴 때 과속은 정말 위험하다. 관광객들은 아무데서고 차를 세워놓고 사진을 찍어대기 때문이다. 그런데 참 이상하게도 차를 세운 그 자리에서 사진을 찍는 사람은 거의 없다. 꼭 길 건너편 유채꽃밭을 찾는다. 이상한 일이다. 유채 꽃은 정확히 길 양쪽으로 대칭을 이루어 피었건만 사람들은 길 건너편이, 자신이 가고 있는 길이 아닌 다른 길이 훨씬 매력적으로 보이나 보다.

나는 그들을 피해 천천히 차를 움직이며 지금 내가 있는 바로 이 길이 얼마나 아름다운 길인지를 가슴 뜨겁게 깨닫는다.

풍경 둘

마당의 카나리 야자나무를 전정했다. 헤아려보니 딱 1년 만이다. 그 동안 얼마나 무성하게 잎이 퍼졌는지 그 근처에는 얼씬거릴 수조차 없었다. 카나리 야자나무 잎은 흥부 부부 박 타듯 톱으로 스윽스윽 베어야 한다. 톱질할 때 여간 균형을 잘 잡지 않으면 질긴 섬유질이 톱날에 얽혀 잘 베이질 않는다. 암 수 두 그루 주변을 빙 돌아가며, 같은 켜에 자란 잎을 차례로 벤다. 잘려나간 잎의 밑둥은 자연스럽게 층계를 이룬다. 여느 암 수 나무처럼 암놈은 옆으로 퍼진 듯하고 수놈은 호리호리하게 위로 뻗은 모양이다. 날카로운 가시에 댓 번이나 찔려가며 벤 잎이 마흔 장도 넘는다.

마당이 다 환하다. 목욕탕 앞까지 같이 갔다가 제각기 목욕과 이발과 미용을 마치고 다시 문 앞에서 만난, 단정한 선남선녀 같은 모습이다.

풍경 셋

잔디도 풀도 싱싱하게 물이 올라 마당 가득 초록이 넘칠 때, 이 마당을 아장아장 걸어다닐 아기가 하나 있었으면 좋겠다는 생각을 한다. 앙증맞은 두 발로 기우뚱기우뚱 뛰어다니며 그림자 놀이할 아이가 있었으면. 기분 좋게 부서지는 봄 햇살에 드러난 정수리가 황금빛으로 빛나는 아기가 있었으면. 자꾸만 넘어져서 고사리 두 손바닥에 풀물이 배인 아이가 있었으면.

이미 때늦은 생각이다. 봄날의 마당이 아깝다.

풍경 넷

미친 듯이 불어대는 봄바람에 꽃눈이 내린다. 여기저기 피었던 왕벚꽃잎이 눈인 양 바람에 불려 다닌다. 황홀한 봄날이다. 어릴 적 마당에 서 있던 앵두나무가 불현듯 그리워진다.

달 밝은 봄밤, 화사하게 차려입은 아리따운 여인네마냥 마당을 지키고 서 있던 앵두나무. 하양에 가까운 분홍의 여린 꽃 이파리들은 휘몰아치는 바람과 함께 내리는 봄비에 몸을 싣고 마당에 꽃냇물을 이뤘다. 앞 마당을 길게 에돌며 흐르던 그 꽃냇물이 미치도록 그립다. 거기에 실려 흘러간 내 열 두 살의 봄날이여.

亡秦者는 胡也니라

아침나절 해야 할 일이 한 가지 줄었다.

닭 밥 주는 일이다.

고양이 밥 챙기랴, 개들 사료와 마실 물 챙기랴, 닭 사료 챙기랴 서너 번씩 마당을 가로지르며 동동 걸음질을 쳐야 했는데 이젠 뒤꼍에 돌아갈 일이 없어졌다.

하기야 그것도 일이라고 그간 닭 밥 주는 일을 몇 번이나 거른 적도 있었다.

처음엔 한 오십 마리 되던 것이 극성스런 백송이 새끼들이 닭장을 드나들며 물어 죽이는 바람에 열 마리쯤으로 줄어들고 말았다.

백송이 새끼들이 모두 분양되어 간 다음에는 어른 개들이 문제였다.

골프장에서 쓰다버린 그물로 둘러쳐진 울타리를 몇 번씩이나 꿰매고 또 꿰맸건만 고삐 풀린 진국이가 한 번, 백송이와 깜코가 작당해서 두어 번 닭장을 급습하더니 그예 한 마리도 살아남지 못했다.

진시황은 변방의 오랑캐를 막기 위해 만리장성을 쌓았지만 결국 진나라를 멸망시킨 것은 외적이 아니라 그의 아들 호해가 아니었던가.

이웃 개들에게 당하지나 않을까 걱정했지 내 집 울타리 안의 개들이 이리도 쑥대밭을 만들어 놓을 줄 누가 상상이나 했으리요.

역사는 뒤곁 닭장에도 살아있다.

망진자(亡秦者)는 호야(胡也)니라.

서귀포

비 맞고 다니는 우산 장수

제주 섬에 살면서도 여름철 해수욕 한번 해본 적이 없다.

한라산 눈꽃 축제에 가본 적도 없고, 들불 축제에 가본 적도 없다.

하다 못해 우리 옆 마을에서 열리는 고사리 꺾기 대회, 유채꽃 잔치도 모두 남의 잔치다.

우산 장수가 비 맞고 다니는 꼴이다.

인파에 떠밀리는 일이 죽기보다 싫은 일이기도 하지만 무엇보다도 내가 살고 있는 이 곳, 내가 살아가는 이 날들이 모두 축제인 까닭이다.

바다에 폭풍주의보가 내리면 나는 일부러 길을 에돌아 바다를 끼고 달려본다.

파도 축제다.

앞뒤 분간도 못하게 안개가 끼면 아무도 달리지 않는 길을 굼벵이처럼 느릿느릿 가본다.

안개 속 술래잡기 축제다.

감귤꽃이 일제히 꽃망울을 터뜨린 봄날 과수원에 나가면 온몸에 향내가 배어 나도 모르게 몽롱하게 취한다.

감귤꽃 향기 축제다.

우산 장수가 비를 맞고 다니는 건 쓸 우산이 너무 많아서일 게다.

種豚말고 수캐도 괜찮겠더이다

아침부터 백송이가 낑낑거리는 소리에 나가보니 여지없이 진국이의 밑에 깔려 있다.

원체 시작하기를 거기에서 시작한 것인지 아니면 격정에 휩싸여 거기까지 흘러간 것인지 지들 집을 놔두고 하필 올레 입구에서 용을 쓰고 있는 중이다. 시간이 얼마나 흘렀는지 진국이보다 키가 낮은 백송이는 숫제 옆으로 45도쯤 기울어진 상태에서 애처롭게 낑낑대고 있다. 제발 그만했으면, 우리라도 어떻게 강제로 끝내주기를 바라는 표정이 역력하다. 그러는 백송이는 아랑곳하지 않고 진국이는 그야말로 자기 일에만 열중이다. 뭔가 성이 차지 않는지 가끔 난폭하게 백송이를 앞뒤로 잡아끄는 폼이 싫다는 백송이를 강제로 덮친 꼴이 분명하다.

하긴 진국이가 어떤 놈인가. 쇠사슬도, 감금도 다 필요 없는 단순무식한 무뢰배가 아니던가.

발정이 날 때마다 새끼를 갖게 되는 백송이가 안쓰러워 지난번에는 진국이를 아예 쇠사슬로 묶어 두었다. 그러자 그토록 먹성 좋던 진국이가 식음을 전폐하고 오로지 백송이의 일거수일투족만을 좇으며 울부짖기를 사나흘. 보통 다른 개들은 대충 울부짖고 그러다가 또 먹을 건 다 먹고 잘 건 다 자던데 이 놈은 달랐다. 물 한 모금 목에 넘기

서귀포

지 않고 오매불망 백송이만 넘보는 것이었다. 굵은 쇠사슬을 끌고 다니며 지(제) 집에 머리를 처박는 자해행위를 거듭하질 않나, 발 밑의 흙을 신경질적으로 파내어 넓게 구멍을 내놓질 않나 수작이 보통이 아니었다.

그래서 생각해낸 것이 창고 감금형이었다. 그 애타는 심정을 모르는 바는 아니지만 암컷으로 태어난 것이 무슨 죄이랴, 6개월에 한번씩 모진 출산을 겪어야 하는 백송이를 위해 진국이의 본능을 희생시키기로 과감히 마음먹었다.

그러나, 창고 감금형이 진국이에게 전혀 위협이 되지 못한다는 것을 깨닫는 데에는 많은 시간이 걸리지 않았다. 채 두 시간이 안 되어 진국이가 창고 탈출에 성공하고 만 것이다. 창고 문을 선혈로 붉게 물들여 놓은 채!

보통 시골집 창고 문은 나무로 된 틀을 양철로 싸놓은 형태인데 진국이가 안쪽에서 나무 문틀을 이빨로 갉아대기 시작한 것이다. 그렇지 않아도 늘 쓰는 쪽의 나무틀이 좀 닳아져 있었는데 진국이가 무섭게 갉아대기 시작하자 그 힘에 눌려 문이 조금씩 들썩거리면서 틈이 생겨난 모양이었다. 그 좁은 틈으로 앞발을 집어넣어 문을 열었으니 덧대어진 양철에 어찌 살인들 깎이지 않겠는가. 아픈 줄도 모르고 오로지 백송이와 사랑을 나누겠다는 일념으로 출혈을 불사한 진국이는 그 날 기어코 승리의 축배를 들었다.

어르고 달래도 도무지 끝낼 기색이 없는 진국이놈이라 결국 고무호스를 끌어다 물을 뿌려 두 마리를 해산시키자니 어김없이 떠오르는 한 사람이 있다. 옛 직장동료인 그는 무명시인이기도 한데, 다음 세상에서 생물로 다시 태어난다면 종돈(種豚)으로 태어나고 싶은 꿈을 가진 사람이다. 오랜만에 그에게 전화나 한 통 걸어야겠다.

여기 당신 환생의 살아있는 모델이 있노라고, 종돈으로 거듭나기가 여의치 않으면 진국이 같은 수캐도 괜찮겠더라고.

물이사 들어가젰주

남자나 여자나 늙으나 젊으나 여럿이 모이면 온갖 음담들이 줄줄이 사탕으로 이어지게 마련이다. 게다가 웬만하면 다 친척(궨당) 관계인데다 부부싸움이라도 한 번 할라치면 당장 이튿날 아침에 소문이 퍼지고 마는 좁은 바닥인지라 이곳에서는 굳이 음담이라 할 것도 없이 시끄럽게 떠들며 나누는 수다 가운데 일부분일 뿐이다.

어떤 때는 이런 문화가 너무 낯설어 혼자 민망해 하다가도 남녀의 일쯤은 별일 아니라는 듯이 하도 활발하게 떠드는 여인네들을 보면서 나만 괜히 고상한 척, 우아한 척 티를 내고 있는 게 아닌가 자못 반성도 하게 되는 것이다. 누구나 살아가는 속 풍경은 똑같을진대 아닌 척, 모르는 척 시치미를 떼는 꼴이 우습지 않은가 말이다.

이곳에 이사 오고 얼마 되지 않아 동네 마실을 간 적이 있었다. 삶은 달걀에 푹 익은 김치를 얹어 먹으며 수다가 한창인데 뒤늦게 문을 열고 들어온 여인네 목이 콱 잠겨 있었다. 그것도 그냥 넘길 일이 아니었던지 한 어멍이 말문을 열었다.

"어젯밤 경(그렇게) 조아시냐(좋았더냐)? 다음부턴 소리는 그만 내지르라."

그 말이 떨어지는 순간, 언젠가 밤중에 너네 집을 지나다가 문밖으로 흘러나오는 희한한 소리를 들었다는 둥, 길갓집에 살면서 그만큼도 조심성이 없느냐는 둥 사실인지 아닌지 알 수도 없고 굳이 알 필요도 없는 이야기들이 마구 쏟아져 나왔다. 아닌 밤중에 홍두깨라고 들어서자마자 당한 꼴이 분했던지 목 잠긴 여인네가 대번에 반격하고 나섰다.

"게민(그러면), 넌 어젯밤 정 좋아서 서방 대멩이(이마) 쪼개시냐(쪼갰냐)?"

조금 전에 그렇지 않아도 그 어멍 남편이 비닐 하우스 가로대 파이프에 이마를 찧어 살이 찢어지고 퍼렇게 멍이 들었다는 이야기를 실컷 했는데 이게 밤일 하다가 다친 것으로 순식간에 둔갑을 하고 만 것이다. 그 정도로도 안 되겠다 싶었는지 한 술 보태는 말이 가관이었다.

"키가 고만고만허니 대멩이가 깨질 만도 허주. 니가 너무 좋다고 팍 일어서 분 거 아니(아니냐)?"

두 부부가 나란히 단신인 것까지 싸잡아서 공격하고 나선 꼴이었다. 여기서 끝낼 그 어멍도 아니어서 한마디 보탠 말이 좌중을 일시에 무너뜨리고 말았다.

"아니여. 우린 밤에 안 헌다게. 비 오는 날 아침에 허주."

그 날 밤 집에 돌아와 남편에게 그 이야기를 전하니 배꼽을 잡고 웃다말고, 은근짜한 목소리로 분위기를 잡는 게 아닌가.

"오늘밤 대멩이 혼번(한번) 깨져보카(깨져볼까)?"

나도 이에 질세라 코맹맹이 소리도 내꾸했다.

"대멩이는 무신. 동네방네 구경시킬 일 이수과(있어요)? 길갓집도 아닌디 소리나 질러보주."

얼마 전인가 동네 아낙들이 모인 자리에서의 일이다. 진이 어멍이 자궁암 영기(零期) 판정을 받았다며 며칠 내로 수술을 하게 되었다는 이야기가 나왔다. 그러다가 그 비슷한 사례들이 끝도 없이 들춰지고 마침내 몇 해 전 큰 혹과 함께 자궁을 떼어낸 나까지 화제에 올려지게 되었다. 그래서 건강검진이 필요하다느니 여성 건강의 척도가 자궁이라느니 건설적인 이야기가 진지하게 진행되는가 싶었는데 영수 어멍이 난데없이 심히 안됐다는 표정으로 내게 말을 건네는 것이었다.

"게민(그러면) 물 들어갈 일 없네!"

이곳에서 '물 들어간다'는 말은 '임신한다' 는 말과 동의어이다. 그 얼마나 적나라하면서도 적확한 표현인가. '뜨물에도 임신한다'는 속담도 있거니와 어쨌거나 그것이 '물'은 '물'인 모양이다.

나도 이제는 웬만큼 내공을 쌓은지라 주눅들지 않고,

"물이사 들어오주."

한마디 되받아치니 여인네들이 모로 쓰러지며 갈갈갈 웃는다.

"게메(글쎄), 맞다게. 물이사 들어가겠주. 씨 심굴 밭이 어서(없어) 문제주."

나는 그제껏 아기집이 없어진 여자들을 '빈궁' 마마라고 부른다는 것은 알았지만 내 자신이 '씨 심을 밭'이 없어진 여자인 줄은 미처 몰랐던 것이다. 이 여인네들의 소름끼치도록 명쾌한 직설어법에 익숙해지는 날까지 학습과 수련을 게을리 하지 말지어다.

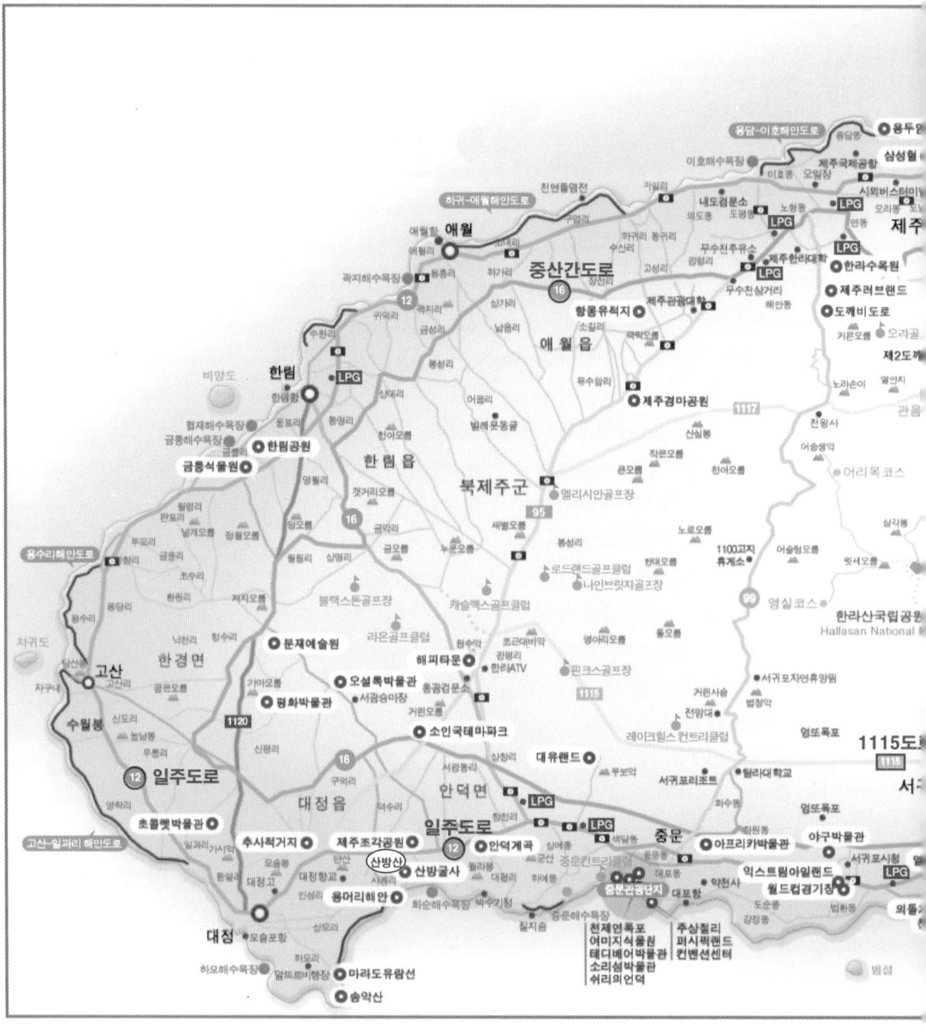

용담-이호해안도로
용두암
삼성혈
제주국제공항
이호해수욕장
하귀-애월해안도로
애월
중산간도로
제주
한라수목원
제주러브랜드
도깨비도로
항몽유적지
제주관광대학
애월읍
제주경마공원
제2도깨비도로
한림
비양도
한림공원
협재해수욕장
금릉해수욕장
금릉석물원
한림읍
북제주군
엘리시안골프장
1100고지 휴게소
한라산국립공원
Hallasan National Park
용수리해안도로
차귀도
고산
한경면
수월봉
분재예술원
오설록박물관
평화박물관
해피타운
핀크스골프장
소인국테마파크
대유랜드
1115도로
일주도로
안덕면
대정읍
중문
초콜렛박물관
추사적거지
제주조각공원
안덕계곡
아프리카박물관
야구박물관
고산-일과리해안도로
산방산
산방굴사
용머리해안
익스트림아일랜드
월드컵경기장
대정
중문관광단지
마라도유람선
송악산
천제연폭포
여미지식물원
테디베어박물관
소리섬박물관
쉬리의언덕
주상절리
퍼시픽랜드
컨벤션센터
엉또폭포

함덕
김녕
김녕해수욕장
김녕-행원해안도로
풍력발전소(풍차)
동복관광체험어장
함덕해수욕장
서우봉
항일기념관
행원리
세화
세화해수욕장
조천
신촌리
조천읍
김녕미로공원
만장굴
구 좌 읍
평대리
1112도로
세화-성산해안도로
하고수동 해수욕장
우도
서빈백사 해수욕장
크라운컨트리클럽
대흘초교
대기고
선흘리
덕천리사무소
비자림
제주동물테마파크
코끼리랜드
남조로검문소
동부관광도로
97
명도암
봉개프라자골프클럽
제주산업정보대학
절물자연휴양림
교래리
미니월드
산굼부리
1112
58
1119
성 산 읍
성산항
성산해고
성산일출봉
성산
LPG
섭지코지
혼인지
신양해수욕장
환해산성(돌성)
성산-신산해안도로
타조농장
정의승마장
삼거리슈퍼
성읍민속마을
16
일출랜드
SK주유소
12
김영갑갤러리
경주마육성목장
정석항공관
성판악
성판악코스
오일륙도로
11
남제주군
1118
해비치골프장
가시리
가시초교
표선생활체육관
한마음초교
성읍초교
표선면
토산리
신흥사거리
수망슈퍼
제주허브동산
표선해수욕장
제주민속촌박물관
표선
세화2리사무소
1119
남 원 읍
16
남원
태흥초교
위미농협농자재백화점
큰엉해안경승지
신영영화박물관
LPG
KAL호텔
소금막(쇠소깍)
보목포구
섶섬
지귀도